U0055023

草莓乾媽媽
少女手記

咩子 著

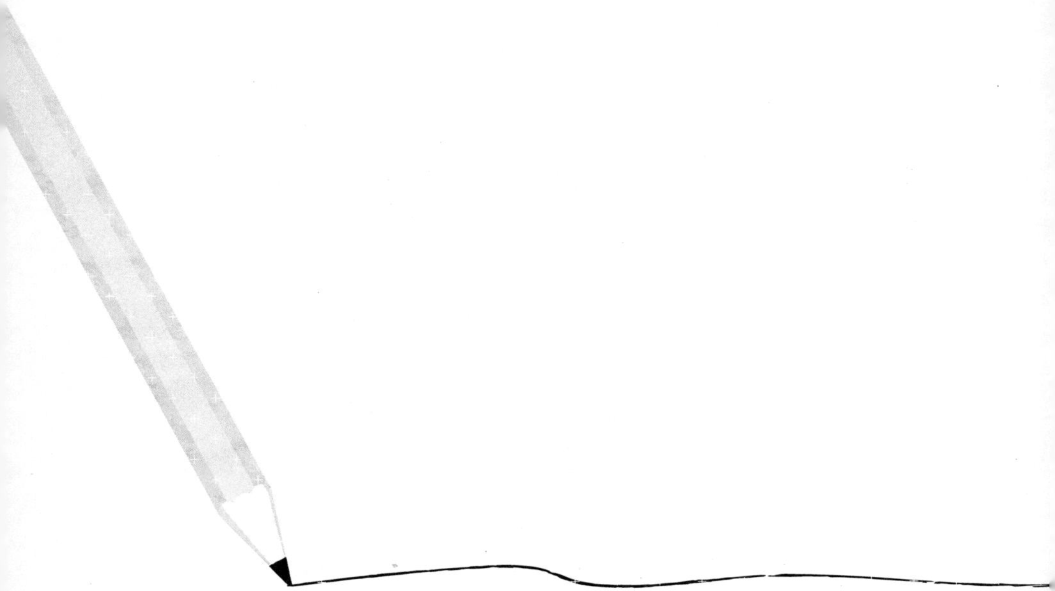

推薦序

我出生於一九六〇年代，而咩子出生於一九八〇年代。我覺得這二十年最大的差異，就在於我們這個世代的台灣人還是習慣帶著自卑的心理仰望世界，覺得台灣是個落後國家，國外的一切都比台灣進步。我們小時候看電視電影，看到美國人開著自己的私家轎車上班，坐飛機出國旅遊，我們會覺得那是一個遙遠而美好的世界，但是那一切與我們無關。我們台灣人習慣出門搭公車，習慣坐火車搭巴士在這個小島上旅行。

而咩子這個世代的台灣人，在歷經台灣經濟起飛、也經歷過全家五口同擠一台小貨車出遊的歲月之後，終於家裡有了車子，寒暑假偶爾可以坐飛機出國旅行。他們看這個世界，不再充滿著自卑感，也不再滿懷著民族情緒，而能與歐洲人、美國人、或是日本人平起平坐的，努力去探索尋找各種人生的小冒險。

美國的革命元勳，也是第二任總統約翰亞當斯曾經說過：「我必須修習政治學與戰爭學，因為這樣我們的後代才能在民主之上修習數學、哲學；我們的後代必須修習數學、哲學、地理學、博物學、航海學等，因為這樣他們的後代才能在科學之上學習繪畫、詩歌、音樂、建築、雕刻等。」

真的，台灣經過我們父祖一代的打拼，經過了太平洋戰爭，經過了二二八與白色恐怖之後，有了我們這學習工業化與高科技的一代；然後台灣經過了我們這工業化、城市化、全球化與高科技化的一代，才又有了咩子他們那學習文學、藝術、與音樂的一代。

咩子這個世代的台灣人是幸福的，而她的文筆非常好。她說的，就是她們這一代台灣人的故事。這是一個平實中帶著趣味與冒險的故事，是一個在生活中尋找文學、藝術、音樂、以及愛的故事。

林宜敬

（本文作者為科技公司執行長）

推薦序

我們都是草莓族媽媽

我和咩子認識，已經是多年前的事了。算起來倒已經有十八年了——真嚇人一跳，馬上使我連帶地覺得自己老了許多。日子過得真快……

這是張愛玲《半生緣》的第一句話，我只不過把女主角的名字改了。放在這裡，竟異常地熨合妥貼。

說起《半生緣》，咩子在本書〈有一個人〉和〈友多聞〉兩篇都有提到，後者說的是我倆年輕時談論張愛玲的往事。十八年真能改變很多事，比方說我對《半生緣》的看法。當年不喜歡，覺得就是一篇巧合拼湊成的悲劇。現在回頭看，卻覺得還是人的個性使然。曼楨寫給世鈞的信，被世鈞的嬸嬸燒掉，曼楨以為世鈞不想再理她，就心灰意冷地放棄了這段感情。如果換了一個性格強烈一點，或者更有自信的女子，結果或許就不是如此。同樣的巧合發生在不同的人身上，結果還是會兩樣吧？

十八年真能改變很多事，比方說把我們這些草莓族都碾壓成了草莓乾。我從電腦深處翻出年輕時一群報社同事的合影，前排站著個拿花束的小妹，那是咩子。旁邊站著穿背心裙的小妹，那是我。我們都不施脂粉，但臉色紅潤，青春無敵。記不清咩子為什麼拿著花束，應該是同事聚會恭喜她出國深造吧？過不久，我也出國了，去紐約某大學面試的時候還賴皮地去咩子的小公寓蹭地鋪。那時候的我們才不覺得自己是草莓呢，我們可是要拿青春去征服世界的！

一轉眼，我們都是兩個三個孩子的媽了，世界還沒有征服，自己已經被柴米油鹽醬醋茶壓得直不起腰桿。看著我們在千禧後十年出生的孩子，處在一個新時代的前端——一個3C在手，無限娛樂無處不在的時代，我們撇著嘴說：「吼，現在的小孩注意力都不集中，連坐下來看一本書的耐心都沒有，寫文章都不成句，哪像我們那時候，愛讀書、會寫信，還有等待情人回信的耐性……」

像極了當年罵我們草莓族的婆婆媽媽們。

終於我們也到了這個年紀了。成為爸媽以後的草莓乾其實還有一個別稱，叫做「無人機父母」。幾年前我為國內某親子雜誌撰寫國際趨勢專欄時，第一次把「無人機父母」這個名詞介紹給國內的讀者。我是這麼寫的：一九八〇以後出生的「Y世代」，正陸續成為新一代的酷爸辣媽。受到成長經驗影響，他們的育兒方式與一九六六～一九七九年出生的X世代父母大異其趣……他們懂得自我覺察，不複製上一代的教養方式。

身為草莓乾媽媽，咩子寫了這本情書給她九年級、十年級的兒女們。（真的是三個好棒的孩子，我忍不住要加這麼一句。）從某一方面來說，我覺得咩子這本書，是為所有草莓乾媽媽，寫給所有在串流傳輸時代來臨以後的數位原住民子女的。藉這本書，告訴他們：你們眼中或許無趣的媽媽，也曾經被譽為外表光鮮的草莓族，生活在有一個有滋有味的時代。且讓我們藉這本書，把那滋味為你們封存起來，留待日後品嚐。

曾多聞　謹識

二〇二二年七月十八日

（本文作者為旅美記者）

前言

這是身為七年級媽媽的我，寫給九年級、十年級兒女的一本情書。曾有一段時期，報章媒體喜歡用出生年份作為年紀的委婉代稱。身為民國七十年以後誕生的「七年級生」一員，我還記得大學畢業那年，一本鎖定年輕族群的職場雜誌，在七月畢業季時就以「七年級來了！」做為該期封面，報導即將畢業求職的我們，對整個職場生態所將帶來的衝擊與影響。當年與我一樣躊躇滿志、蓄勢待發的七年級同學們，大家都好嗎？

與「七年級生」齊名、甚至更廣為人知的另個同義代名詞則是「草莓族」，具象形容眼下年輕人外表光鮮亮麗、實則不堪一擊，頗有點「倚老賣老，一代不如一代」之況味。

光陰荏苒，當年的青春少女如今已是人母，饒是嬌嫩草莓也早經生活中柴米油鹽未曾間斷的風乾日曬、傾軋輾壓而成了草莓乾，初老的草莓乾媽媽，漸次有點哀樂中年的感懷，臉上膠原蛋白與腦中記性爭先恐後地拼命出逃，帶著這樣的恐懼與惆悵，於是我開始動筆，「用寫，頂住遺忘」（出自朱天文《荒人手記》，不知為何這六字讓我一見傾心，始終不忘並深愛著）。

我想寫給孩子們知曉，並不算很久很久以前，我們曾經擁有那些平凡微小的幸福，彼時的我們沒有各種酷炫奪目的3C產品，我們讀書、我們寫信，偶有手作卡片、手刻印章的詩情雅興；或者在城市裡的某個角落，忽然思念來襲，遂翻找出身上的銅板，在街頭的公用電話亭撥電話給戀人的心情……那是網路科技尚未全面制霸我們日常生活的年代。

乃至疫情以前，我們曾如此習以為常、而今看來近乎是奢侈的自由：自由的交遊、自由的群聚、自由的行旅……，在山林裡與不相識的山友短暫邂逅後，興之所至，開口相邀對方「有閒來坐」的自在人情。

八歲的孩子幾次語帶感慨跟我聊到，「媽咪，疫情以前，我連『口罩』是什麼東西都不知道耶！」疫情誠然改變太多太多事物，自小經歷這場百年大疫之後終於長大的你們，未來人生究竟會留下怎樣的印記呢？我不知道，也難以想像，只願往昔那些單純的美好，我們都將不忘。

轉眼間，當年襁褓中的小娃兒，如今已是我家青春少女，愛著家人，也愛著貓。少女的心願很簡單，但願病毒早日退散，大家平安，重回以往歡樂出遊的時光。

P.L.A.Y
NO COVID !!!
WEAR A MASK !
WASH HANDS
Go out and PLAY
疫情籠罩，大家的生活方式被迫改變，天天待在家裡
偶爾也會想去外面透透氣。為了保護自己和家人，戴口罩
保持手部清潔、施打疫苗…提高警戒心，才能健康出門
希望疫情快快結束，重回以往的生活，和家人平安出遊
平安回家，共同收藏出遊的美好回憶。
TRAVEL
GO!

貓咪之環遊世界

瑞士的貓

法國的貓

芬蘭的貓

日本的貓

德國的貓

願單纯的美好

我們都將不忘

目次

草莓乾媽媽

莓事隨筆

草莓少女

Cusco的笑容

抵達Cusco的第二天，還在適應當地高山症的我們，一刻也不得閒地又報名參加當地旅行團一日遊的行程。這個美麗的小山城，海拔三千公尺以上，因為位於秘魯最著名的印加古道（Inca Trial，世界古文明遺蹟馬丘比丘所在地）的起點，觀光業發展的相當蓬勃興盛。

一日遊的行程中途是一處秘魯傳統市集，雖說是傳統市集，或許因為鄰近觀光景點聖村（Sacred Valley），商家們販售的商品大多大同小異，陳列擺設也不難看得出為了投合觀光客口味的匠氣痕跡。

正覺有些索然無趣之際，市集裡紛湧雜沓的人群中，突然迎面走來一位年紀約莫七、八歲，隨意梳著兩條麻花辮的小女孩，身上衣著雖然有些髒污，卻一點無損她清亮眼神中的靈秀慧黠。

小女孩穿著鮮豔的傳統服飾、帽子，肩上還有一隻鸚鵡，滿足所有觀光客的異國情懷與想像……快門聲未停，小手已忙不迭地把美金放進口袋裡。這麼多年過去了，我總是想起當年那個小女孩。

我們的目光立刻被她所吸引，小女孩也一直友善地向我們淺淺微笑，並甜甜招手示意要與我們合照。

我們都喜歡小孩，也都喜歡從孩子純真的臉孔中，更清楚而直接地認識一個國家的面貌。我開心地蹲下與小女孩合照，握著女孩小小的肩膀，雖然言語不通，鏡頭前的我們卻笑的同樣燦爛。

只是拍完照，小女孩隨即理直氣壯地伸出右手，仰頭向我們要錢，V愣了一下，反應過來後，從口袋裡掏出隨身帶的幾塊巧克力糖遞給她，小女孩卻只是緊抿著嘴，態度堅定地搖搖頭。

我和V都有些狼狽與意外，更多的或者是一種受傷、甚至被騙的感覺，儘管欺騙兩字與眼前清秀可愛的她實在太難聯想得起來——然而對眼前的小女孩而言，也許，我們才是真正欺騙她原本期望的騙子。

隔天，回到飯店前的廣場大街上，又見到一位年齡相仿、身著秘魯民俗服飾的小女孩，沿街詢問路旁的觀光客，這次我幾乎毫不考慮地就拒絕了她懇求的眼神，看著小女孩慢慢離去的背影，不遠處，一個白人青年顯然答應了這宗交易，掏出幾枚銅板後，青年隨即舉出掛在胸前的相機，以一種獵奇者的姿態，從女孩身上恣意捕捉不同角度……我別過頭不忍再看，這樣的畫面總讓我有些哀傷。

隨著旅途開展，我們逐漸觀察到，在秘魯，小女孩似乎成為當地人家一種重要的「生財工具」，常常見到穿著色彩鮮豔明麗、一望即知是傳統民俗服飾的小女孩，手上抱著同樣惹人憐愛的小羊、小狗，充當招攬生意的活道具，沿街仔細探詢任何一個可能性。與身上亮麗衣著有些不搭的，是她們兩頰上長期高山日曬所留下的紅棕色曬痕。在觀光客的鏡頭前，她們略帶羞怯地擺首弄姿，出賣一股不屬於這個年紀的風情；青春童稚的臉龐，依稀可見一抹已然體悟背負家庭生計不易的老成；應該是還沒上學的年紀，「photo! photo!」卻已是她們最流利熟悉的英文單字……

與V走在Cusco古樸的紅磚街道上，不免想起多年前，在那個網際網絡還不盛行的年代，我和家人一起的歐洲自助旅行。我們費了好一番功夫而終於抵達的瑞士滑雪勝地策馬特（Zermat）——同樣是個因為觀光而發展起來的可愛小山城，在當地最富盛名的馬特洪峰上，也有腦筋動得快的商人在視野絕佳、白雪皚皚的山谷前，牽著外型相當討喜的大型聖伯納犬與觀光客合照，拍照一次索價10到20歐元不等。

這麼一想，Cusco裡，不論是牽著溫馴llama（南美山區特有動物羊駝，如今在台灣也可以看到了）蹲在市集邊努力吆喝的少年、或是沿街兜攬想找觀光客合照的小女孩，相較之下則顯然純樸的多，沒有清楚載明定價的招牌，總是拍完照，一索爾、兩索爾，主隨客便，並且在接過錢的同時，不忘對你遞上一個略顯羞澀的笑容……

一邊是帶來人潮錢潮的觀光客、一邊是傳統古意的質樸民風……站在Cusco市郊山丘上櫛比鱗次的貧民區住宅，眺望山下因為觀光興盛而不斷擴張的市區，我有些怔忡地想了起來。

納斯卡線條之後

結束秘魯著名景點Nasca line兩天一夜的行程後，我們搭上返回首都Lima的長途巴士。車程預計六小時，駛離泛美公路兩旁一望無際的沙漠區後，天色逐漸暗了下來。

不久，我們的車在一處加油站旁停了下來，原來前方唯一的道路上，不知怎地塞起車來，大大小小全都車輛動彈不得。秘魯的平均國民所得不高，我們造訪的當時約僅兩千五百美元左右，路上滿街跑的車輛多是看來相當老舊的小型二手車，眼前這條鄉間小路無預警的堵車，不免讓人直覺聯想「大概前頭哪輛車子臨時故障了」也說不定。

等了約莫40分鐘之久，車陣裡一些乘客不耐久候，已紛紛下車查探。混亂中彷彿聽到一些「strike」的字眼，剛歷經紐約地鐵大罷工的我與V很有默契地對望

MIAMI-ORLANDO
ORMEÑO

為了追尋神祕難解的納斯卡線條，我們不但搭了小飛機，還在旅途中第一次經歷了「兩顆子彈」事件，遊覽車整片車窗應聲而裂，所幸最終有驚無險，留下難忘的旅行記憶。

ONE

一眼，「原來又是罷工啊，那也不該影響一般民眾權益啊！」接著，路旁出現幾位裝備齊全的警察協助指揮交通，方才宛如大型停車場的車道總算緩步恢復通行。

山區路況崎嶇，我們的巴士有些顛簸地持續前行，然而上路沒多久，一聲巨響震破了車上的沉悶。坐在較靠前排的我們反射性地往聲響處看去，就在V座位後面的車窗上出現一個硬幣般大小的缺口，當我還鄉愿地以為路上哪顆石頭彈起砸壞車窗時，V已經反應敏捷地向全車大喊：「Get down! It's a gunshot!」

在V連續大喊兩三次後，車上乘客開始由茫然、不知所措，逐漸醒轉過來般地紛紛趴到走道上。坐在我們後面的的是一對法國情侶，女孩的座位就在彈孔旁邊，大概因為忽然意識到方才自己處境的危險，她開始掩面哭了起來，女孩男友一面輕聲安撫，一面回頭，並試圖平穩全車慌亂地說：「Don't stand up! It's just a stone!」

然而，隨即而來的第二聲巨響，輕易敲碎這句本就不易使人相信的善意謊言。這次中彈的是後側的車窗，而且因為射擊力量過大，整面車窗隨著槍擊立時應聲而裂，碎了滿地的玻璃碎片。窗旁的乘客只得換到前方的走道上，少了玻璃的車窗，晚風伺機大舉灌入，紅色的窗簾在風中詭譎不安地飄動著。

我趴在走道上，有如《艾蜜莉異想世界》一般愛幻想的腦袋此時又開始不安分起來，腦海中快速閃動過所有曾經聽聞過的國際旅遊恐怖攻擊事件：美國九一一、埃及金字塔的連環炸彈、以及更久遠的大陸千島湖事件中，歹徒僅憑一顆子彈就放火燒光了全船的乘客……恐懼中最最讓我良心不安的是，如果真的魂斷秘魯異鄉，遠在台灣的親愛的爸爸媽媽該要如何翻越窮山惡水，千里遠行只為來此南美荒郊小徑替我招魂誦經。

本來只負責隨車在旅途中發放便當、飲料的車掌小姐，此時鎮定地拉起車上所有窗簾。是為了穩定車上乘客惶惶人心，還是向窗外掩蓋車內狀況、不再繼續成為被攻擊目標？我也不曉得，只清楚記得當她走到前排座位附近時，我好想順手幫忙拉起窗簾，卻發現自己居然膽怯地站不起身……該怎麼形容那種狀態呢？就像以前曾看過的某則烏龍新聞，長期失業男子打算自殺，萬般堅決地跳下河後，據說因為天冷又自己游上岸來，自我本能求生意志畢竟還是戰勝了生命中所有的不堪難耐。

也是在那個短暫的瞬間，想起從前似乎也曾有過幾次輕生的念頭，為了一些現在看來極其無聊極其可笑的原因，然而卻是在第一次離死亡有一點點靠近的時候，突然有些難為情地看清自己，原來還是相當愛惜生命的。

意外的舌尖感動

始終相信，旅行中偶然巧遇卻滋味絕美的食物，將隨著回憶反芻，在生命長河中，越陳越香。

林文月的《飲膳札記》中記載了十九道私房食譜，從而追述了飲宴間與師友、家人的點滴回憶。味蕾包覆著過往的美好時光，細細品嘗，格外醇厚動人。也許回憶真是最好的調味料，到現在我還是覺得小時候在舊金山漁人碼頭吃的螃蟹，是今生吃過最好吃的蟹料理。

那年我小學三年級，爸媽趁暑假帶我們幾個孩子參加為期十三天的美西之旅。第一次出國，雖然距今已年代久遠不可考，許多畫面卻仍歷歷在目，恍如昨日。

記得是個傍晚，我們走在漁人碼頭熱鬧的街上，隨意挑了一家生意最好的店，看著老闆俐落地選了一隻螃蟹，熟練地用小槌子將蟹殼敲裂。回到飯店，撕開鋁箔紙，原先被細意包覆封存而無處逃竄的鮮味，瞬間攻占房間每個角落；無須調味佐料，完全展現蟹肉本身的清甜美味。

後來，我偶爾仍會不勝追念地提起漁人碼頭的這隻蟹，媽媽總不以為然地說，「五個人合吃一隻螃蟹，當然特別好吃，物以稀為貴嘛。」然而我總相信，這是旅行中偶然出現，卻絕美難得的巧遇，這滋味將隨著回憶的反芻，在生命長河中，越陳越香。

大一那年的暑假，和爸爸、姊姊去日本自助旅行，住在日本朋友家，每天行程相當隨興，晚飯後輕鬆散步到附近的超市買梨子、水蜜桃。日本的水蜜桃似乎特別好吃，一向不愛吃桃子的我，在日本居然吃上了癮。

最難忘的是，為了減輕行李重量，在福岡往京都的睡鋪夜車上，我們三人在相對的臥鋪上，一人一大顆水蜜桃，車窗外是黑夜沉沉，車窗內包廂裡是我們父女三人輕鬆的閒聊。儘管桃子經過旅途顛簸有點損傷，然而無減美味，現在回想起來亦只覺得汁液淋漓，記憶甜美一如昨日。

大學畢業那一年，趁著開始上班前最後一個暑假，全家人一起去荷蘭和英國玩了十天。比起英國，我私心更愛荷蘭多些：阿姆斯特丹一圈一圈繞著市中心呈放射狀的半圓形運河、兩岸街道建築交織成一片綺麗風光，美得超乎想像；整排樸拙古趣的磨坊風車、家家戶戶爭奇鬥艷有如小型花卉展的庭院……還有，我們雖錯過了鬱金香花季，卻正好趕上一整片薰衣草花田的驚喜……

不過我更記得的是，住在一個名叫Edam的小城裡，常常因為玩得忘了時間，回到投宿的農莊已是晚上八九點（歐洲夏天天黑得晚），爸媽就在農莊的廚房裡，利用超市買來的材料：牛肉、火腿、白菜、洋蔥、蘑菇……變出一桌豐盛的料理。

玩了一整天，大家都很累，然而他們只是一逕催促我們去洗澡，自己在廚房裡張羅著。吃著爸爸火候拿捏得恰到好處的鹽烤牛排，對著半杯紅酒，星空下，小小的灶間，心中是難以言喻的幸福感動。

當然，自然之趣，不必遠求，飲饌也是。

忘了是哪一年的夏天，全家到大雪山賞景兼避暑。因為借泡泡麵的熱開水，我們與一家從彰化和美來的家族熱絡地聊天。泡了泡麵，他們又熱情地款待啤酒、自家種的龍眼和山泉水沖的高山茶。

看來相當敦厚的男主人一邊往我們的杯子倒茶，一邊笑著說，人與人相遇就是要投緣。道別時爸爸習慣性地說，「有閒來台中，來阮厝坐啦。」儘管誰也沒有互留地址，這是台灣人的豪爽灑脫。

所有的相遇都是緣分。我啜著熱茶，望著陣陣飄來的霧氣，心裡想的是，這山林間的感動，如何與人去說。國外的風景再美，還是自己的土地最親、最美。人情溫暖的台灣，永遠是我最可愛的家。

志摩　康橋　遊學記

許多年前，刻劃徐志摩一生中愛情故事的連續劇《人間四月天》，在台灣造成了極大的轟動，錯綜細膩的劇情，更讓每個人幾乎都為之著「摩」、只想拗口文藝腔地對戀人說，「許我一個未來」，想起來，這部戲應該算是我的追劇始祖吧。

提起志摩，很多人的第一反應就是他那首傳頌一時的〈再別康橋〉：「悄悄的我走了，正如我悄悄的來，我揮一揮衣袖，不帶走一片雲彩。」詩人浪漫不羈的形象，完全流露在字裡行間，帥氣而瀟灑。

在那個還是可以恣意揮霍各種浪漫幻想的年歲，我深深地為徐志摩的故事著迷著。高中時演音樂劇，我們那組演的就是這個戲碼，那時擔任編劇的我，常常為了劇情的安排鋪展，到了廢寢忘食的地步。一次在上歷史課時，我心無旁鶩，自顧自地一遍又一遍低聲念著〈再別康橋〉，企圖從他的詩作中尋找更多編劇的靈感。念到渾然忘我處，壓根兒忘了正前方歷史老師的存在……。

後來，忍無可忍的老師終於看不下去了，厲聲地把我叫到講台前，問了我是文藝少女心在吟詠〈再別康橋〉時，他猙獰扭曲的臉孔登時舒緩大半。不過老師並不欣賞徐志摩，說他是「風花雪月悲春傷秋、不成樣兒的」。

大學聯考後，無試一身輕的我，在父母贊助下到英國遊學，選的當然是徐志摩的康橋！在康橋，放眼望去，綠樹、白雲、田野、村舍……，初看跟一般的英國鄉間景色實在沒什麼兩樣，但只要一想到，就在數十年前，志摩也在這裡生活，在這裡寫詩、在這裡行走，和我看同樣的天、看同一條康河，甚至，呼吸著同樣的空氣！時間和空間的隔閡彷彿一下子就拉近了許多，「今人不見古時月，今月曾經照古人」，在我幻想的內心小宇宙裡，更早與志摩時空穿越素面相見了無數回。

寄宿家庭離康河很近，課餘閒暇時，我常會騎著自行車去河邊走走，看見康河水波裡那軟油油的水草，不正是〈再別康橋〉：「軟泥上的菁荇，油油的在水底招搖」嗎？還有「那河畔的金柳，是夕陽中的新娘」詩中描摹的柳樹，現在就活脫脫地呈現在眼前，不知志摩當年吟詠的，可也是今日我所見的柳蔭？把詩中的康橋，拿來和眼前的康橋一一對照，我在瞬間明白，志摩何以能寫下如此的詩句了。

為了營造浪漫的氣氛，有一次我還特地拿著書，在康河河畔悠閒地讀著，這一幕景象，光是用想像就夠美麗夢幻了吧。康河上最著名的交通工具是一種細長如柳葉條的小舟（punting），有時，河上泛舟而過的遊人，看到我這個（略顯矯情）坐在河畔讀書的東方臉孔，還會很熱情地招手跟我說哈囉呢；有時則是輕輕地點一下頭，彼此交換一個會心的微笑，無須言語，已經心領神會，只因這裡是康橋。

透過連續劇的魅力，志摩彷彿在每個觀眾的心裡，重新活了過來，網路和各種媒體的討論更是方興未艾。我在書店買了張幼儀口述的傳記《小腳與西服》來看，雖然一開始就知道，當事人單方面的紀錄和論斷，難免會有失公允和客觀，讀的時候，還是不免幾度有「快被徐志摩給氣死」的衝動，氣他對張幼儀的冷漠鄙視，也氣他的無情無義！只怪當時太年輕無知，詩人筆端的溫柔多情，往往在現實人生中卻未必……

也許志摩在我心中已不再是一個完美的形象，不過他清新出塵的文章風格，他那「攀附月色，化作一陣清風」的瀟脫率性，以及他對林徽音的深情眷戀……對我而言，還是相當可愛的。儘管後人批評與爭議不斷，我想，我仍然願意保有生命中那些因他而起，溫暖和煦得如同人間四月天的美麗記憶……

寫給阿公阿嬤的情書——鄉居筆記

0

二〇〇一年的農曆年後，還在念大學的我，終於回到這裡，回到這個讓我魂牽夢縈的地方——嘉義縣竹崎鄉復金村——說魂牽夢縈會不會有太過煽情的嫌疑？只是當目光一觸及四周這些既熟悉又親切的景物：未曾改建的三合院、院前奶奶曬菜乾的廣場、屋後滿山頭的檳榔樹、群樹之後就是中央山脈的支脈……，十幾年了，這裡仍然是本來面貌，我突然忍不住想旁若無人地大喊一聲，「嘿，竹崎，我——回——來——了！」

1

我的童年在竹崎度過。小時候因為父母都要工作，無暇照顧我，就由住在鄉下的爺爺奶奶將我一手帶大。五、六年的光景過去，我成了道道地地土生土長的「庄腳囝仔」，直到要上小學的前夕，因為媽媽堅持「都市裡有比較好的教育環境和資源」，才離開了竹崎。

在台中相繼唸完小學、中學，考上大學後又離家獨自負笈北上，住到了另一座離嘉義更遠的城市。越來越難得回來，竹崎成了少年的我心中一個「鄉愁」的代名詞，儘管一種難以言說的牽引，一直都在。

鄉下入夜後蚊蟲極多，尤以一種隱翅小黑蚊為最，不作聲地一陣叮咬，讓人不堪其擾。每有初來乍到的外地遊客不知情，被咬得全身紅腫，難忍無比。奇怪的是，只有我穿著短袖短褲也不見蚊蟲侵擾，爺爺說因為這裡的蚊子會認人的，「他們只咬生份人」——

果真我是經蚊子認證的「自己人」？這些蟲虺蚊蚋真能有如此靈性嗎？我不

知道。

事實上，我是後來才發現，鄉下的諸多物事，是不能以常理的眼光去審度臆測的。

2

年過七旬的爺爺經營著米店的生意，也是鄰近鄉鎮上唯一的一家米店，許多買米的老顧客和爺爺因此自然地成為朋友。時值過年期間，家家戶戶忙著準備炊粿、蒸糕，米店的生意也特別好。對這些認識可能超過一、二十年的老朋友、好厝邊，爺爺的態度不只是在做生意而已，還有流轉在彼此言談舉止中，看似平淡實則醇厚的情分。

「頭家，買兩斗炊粿米。」

「拜拜過了，奈擱咧買炊粿米？」爺爺一邊秤米，一邊問著。

「好呷就擱炊啊！」和爺爺年齡相仿的客人接過米，如此想當然耳的回答。

兩位老人家臉上都綻出了孩子般的笑容。

糕粿還是自己家裡做的才好吃。奶奶的蘿蔔糕和油蔥粿就讓我現在想起來都還要垂涎。

3

做蘿蔔糕需先將米磨成米漿，再加入適量的蘿蔔絲混合攪拌，比例拿捏，全憑經驗累積。除了技巧嫻熟，好吃的另一個原因來自蘿蔔，奶奶種的菜頭在鄉下是出了名的，挺直而碩美，一顆可以長到十幾斤以上，常有鄰人來要了菜籽回去栽種。

吃不完的蘿蔔，奶奶切成條狀，用鹽水醃漬過夜，隔天再拿到屋前廣場上去曝曬，做成佐餐的蘿蔔乾、蘿蔔絲（台灣話叫做菜脯米），拿來做鹹粥、糕粿都好。陽光下，匍匐在地上的奶奶仔細地將菜乾舒展開來、輕輕鋪好，那些對兒孫們的愛與想望，無須言說，就這樣恆久地保存下來了。

4

除了蘿蔔，爺爺的田裡還種了許多青菜、果樹。

有次跟著姑姑一起到田裡幫忙，割飼豬的牧草、翻土種甘蔗……，第一次拿鋤頭鋤地，看姑姑做來輕鬆俐落，游刃有餘，我卻差點兒連拿都拿不動，好不容易鋤了十公尺不到，就已經累得氣喘咻咻。是在那一刻才真要覺得什麼叫「百無一用是書生」。

5

住在鄉下，讓我這個都市夜貓子徹底體驗了另一種全然不同的生活模式：每天十點前就寢，隔天六、七點起床，完全恪守《朱子治家格言》裡，「黎明即起，灑掃庭除」的教誨。

只是無論我再怎麼早起，醒來後餐桌上永遠已經擺好了早餐，鹹粥或飯，佐以幾樣簡單的配菜。那是奶奶透早起來準備好的，煮好吃食，爺爺奶奶就到田裡開始一天的工作，「日出而作，日入而息」、「一日不作，一日不食」，是他們那一代的人奉行了一輩子的生活信念。

每次看著年事已高的爺爺奶奶仍然辛勤地為農事操勞，除了心疼他們，更常要由然地對這塊土地生出濃濃的敬意和愛戀來——

更早更早以前，還是小孩子的爸爸、叔叔和姑姑他們，每天放學以後就要到田裡來幫忙，每天必然有的回家功課，就是這些好像永遠做不完的農務：鋤地種菜、養雞餵豬、果樹收成的季節忙著採收、收成後挑到鎮上去沿街叫賣……，那時爺爺奶奶就憑著這塊地，胼手胝足地養大了爸爸和其他六個兄弟姊妹。

辛苦流汗之後的歡欣收成，在他們看來是再自然不過的事情，滴下鹹澀的汗水，才能拾起田間最豐美的稻穗。也因為深知農事的艱苦繁忙，我們對於餐桌上的每一粒米飯、每一根菜蔬，更懂得珍惜與感激。當年家裡還有水稻田的時候，牛隻曾是耕作上最得力最親密的伙伴，因此即使現在已經不種稻了，爺爺奶奶還是維持著多年來不吃牛肉的習慣，只是因為感心。

6

兩個姑姑分別從事國小和幼稚園的教職，每天學校下班以後，接送小孩、張羅晚餐、整理家務、隔天在教室裡溫暖地迎接學生們——，一天一天，她們持續無悔地，對周遭的人事奉獻出自己明亮和煦的光輝。

姑姑們多嫁得不遠，平日只要稍有空閒，她們總會大包小包地提著許多好料的回來，下廚烹調出一桌豐盛可口的料理請爺爺奶奶嘗鮮。在小小的灶下，姑姑瘦小的身影不停地來回穿梭著，她們只是淡淡地說，「阮若不回來，阿嬤伊們攏黑白呷……」忙完之後再騎車回家準備先生和孩子的晚餐。就是因為對長輩的盡心和惦念，讓她們甘心願意在兩個家庭之間，來回奔波。

姑姑從來不曾把「反哺報恩」一類的詞掛在嘴上，她們總覺得，那不過是最最基本、做女兒天經地義應該盡的一點本分罷了。

姑姑手藝極佳，又知道兩位老人家平日素喜的口味鹹淡，因此只要姑姑掌廚，就連一向少食的奶奶都會多添上一碗飯。以前總為許多傳統婦女感到不值，每天料理三餐，自己的生命和時間都浪費在這些柴米油鹽、湯湯水水之中了，現在看著燈下姑姑微笑而滿足的神情，卻恍然覺得，原來為所愛的人打點吃食，竟是件最幸福最值得的事！

7

晚上我和爺爺奶奶三個人一起睡。老人家睡得早，每天晚間新聞看完後就上床安歇了。大概十點左右，他們都睡熟了，我才輕手輕腳地爬上床，睡在他們身邊。爺爺奶奶的床鋪是從日據時代保留下來的榻榻米床，寬敞的臥鋪上，聽著兩人均勻的鼻息，心中莫名地充滿著無比的安全感。

彼時還住在鄉下時，童樨的我也是每天和爺爺奶奶同睡的。睡在他們中間，稚氣地發表自己的童言童語，然後不知不覺地安心睡去；睡不著的時候，奶奶總會輕輕地唱起那首〈囝仔歌〉，安撫我入睡：

嬰仔嬰嬰睏，

一暝大一寸，

嬰仔嬰嬰惜，

一暝大一尺……

很多年以後，有次偶然在台北街頭聽到這熟悉的旋律，還幾乎讓我在熙攘人群中思之泫然。

——阿嬤，當年那個還要您哄著才肯乖乖睏覺的黃毛丫頭，現在已經長成一個大學生了，可是她忍不住想告訴您，她還是好喜歡好喜歡這樣睡在您旁邊，有點撒嬌、又親親愛愛的感覺——

8

爺爺奶奶的感情極好，有什麼事情，一定是先找對方去講、去商量。因此和他們同睡，每天天還沒亮，就會聽見一陣輕微細碎的聲音，那是兩位老人家在聊天了。老人睡得少，每日大概清晨三、四點就轉醒，兩人便開始像小孩子一樣，絮絮叨叨、天南地北地聊起來；又怕吵醒睡在旁邊的我，還會刻意地壓低音量……每次睡意猶濃間，模模糊糊地聽著他們的低語，睡意濃重間我仍忍不住偷偷愛笑，老伴、老伴，老來相伴就該是這麼甜蜜溫馨的吧。

有時會假裝跟姑姑抱怨一下，「跟阿公阿嬤睡，早上都睡不飽……」姑姑總會同仇敵慨地說她完全理解我的感受，「他們兩個啊，從年輕時就這樣，一透早起來就開始聊天，也不知道哪裡來有這麼多話好講——」姑姑和我同款，怨懟裡分明藏著滿滿的喜悅和欣羨。

人的眼睛都是眷戀青春美好的容顏的吧。攜手走過大半人世風華後，對彼此臉上悄悄攀附的皺紋也能真心相愛，那才是真正深刻真摯的，白髮之愛！

9

在鄉間小路中騎自行車是最快意的享受。鮮甜的空氣、青綠的田野風光，無須顧忌左右橫衝直撞的來車，完全任你恣意馳騁。

有次和表弟一起騎車四處閒逛，車停，我馬上想找鎖把車鎖好，表弟卻一臉理所當然地對我笑說，「免鎖啦，佇遮無人會偷牽車的！」對喔，方想起這裡是鄉下、這裡是竹崎啊，連忙對表弟投過去一個尷尬的笑容。對照表弟的單純率直，心裡猛然一驚，是不是在都市裡待久了，對人的信心也越來越薄弱了？

10

寒假快結束、要返回學校唸書的前幾天，我和叔叔、姑姑們聚在一起閒聊，因為從小就喜歡塗塗寫寫，姑姑便一直鼓吹我回學校後，把這個寒假在竹崎的生活寫出來，叔叔也在一旁打趣地說，「對啊對啊，寫一篇文章，題目就叫做『竹崎的夕陽』——」窗外望去，日頭正快要沒入山後，晚霞滿天。

啊，我是要寫的啊，寫這一個夕陽、這一個向晚、這一次親密的對談、這一次回來難得的小住——

眼前這些我熟悉敬愛的親人啊，還有這裡的一切一切，我是永生永世都要記取的。

11

蕭麗紅的長篇小說《千江有水千江月》是我相當喜愛的一部作品，寫一個在嘉義縣布袋鎮的漁港出生、成長的小女孩，以及發生在她身邊許多可親的人、事（也是在嘉義！）

如果不是這個純樸可愛的所在居住過這些年月，我想我一輩子都不能體會她在書的扉頁題的那句話「獻給　故鄉的父老」原來竟是一種怎樣深重的感念和戀慕！

第一次讀《千江有水千江月》，只記得書中男女主角純潔而真摯的情誼；第二次讀，才發現自己其實更深深著迷於那種，字裡行間流露出的明亮清朗、以及人與人之間，相待的一份真誠。之於我自己，很多人世的道理，也都是在鄉下生活裡，一點一滴地被教給的。

今晚伏案寫完這篇文章，只因心中一股扼抑不住的回憶和感動。最後，請容我借用蕭麗紅的那句話作結語吧，那也是此刻的我心中最想說的：

獻給——
故鄉的父老

親愛的阿嬤

我最親愛的阿嬤林李秀女士已於二〇二二年二月圓滿完成了自己的畢業典禮，從此再無病痛煩憂，思及此，我於傷心中遂又努力寬慰自己。謹以此文紀念我的阿嬤。

（——阿嬤，這像是我們的第二次分離，第一次分離，是從小住在爺爺奶奶家的我，念小學前被帶回台中的時候，車程中不知哭了多久，然後，約莫是哭得累了、抑或是不得不的堅強，我跟同車的妹妹商量，「好了，咱攏莫哭了」，斑駁的記憶中如今想起來仍有未乾的淚痕，離別總是殘忍。及長，摻雜著無數次返鄉而後的再見，這一次，是真正的告別了。）

小時嘴饞，阿嬤總會拿出櫥櫃的麥芽糖罐，用筷子捲出一團甜蜜給我；睡前唱歌給我聽，是那首〈搖嬰兒歌〉：

嬰仔嬰嬰睏，
一眠大一寸；
嬰仔嬰嬰惜，
一眠大一尺。

阿嬤疼我卻不寵溺我，所以家中有一似竹帚的捧孩神器，如有不乖立刻挨打。某次我福至心靈，趁著客人來訪時趕緊偷偷把竹帚一節一節折斷，正沾沾自喜之際，隨即就被阿嬤發現了，她說「這個去山裡撿撿就很多」，乃至很多年後，阿嬤每次看到我，總要問我會不會恨她。我總笑著跟阿嬤說，「當然不會啊，我知道你是為我好。」

山裡的寶貝還有檳榔葉，刻苦勤儉的爺爺奶奶總會拖回掉落的檳榔葉，回來曬乾後再剪成扇子形狀，嚴實地壓在他們睡覺的榻榻米眠床下面，每次回去總會送我幾把，還記得有幾把特別小的，阿嬤說，「這上古錐，予你！」

漸漸的，阿嬤的記性越來越不好了，吃一頓飯，總要問上好幾次三個孩子的生肖，然後再自己慢慢扳開手指數算他們的歲數；情況嚴重時，不但十二生肖念不全，甚至不識自己的兒女，每回湊前問她「阿嬤我是誰？」竟都像是彩券開獎的緊張心情。到去年底阿嬤摔倒後，她的健康狀況如雪崩似的急速惡化，連最親愛的阿公也偶爾不認得，只能輪椅代步，北返時，再也沒有那個熟悉的身影在門口跟我揮手掰掰。

過年前回鄉看阿嬤，阿嬤已因嚴重背痛多半臥床，我也躺在阿嬤身邊，拍拍她，拍了一會，阿嬤略顯不耐說，「好了！」我想也沒想地回，「啊就愛你啊！」一瞬間阿嬤彷彿立刻清醒認出我來，「你返來看我喔？」我點點頭，阿嬤微微顫抖、相當緩慢地伸出手來抱我，我也趕緊抱住眼前瘦弱的她，這次換我輕輕唱〈搖嬰兒歌〉給阿嬤聽。

雖然早已有心理準備，也很感恩阿嬤在睡夢中離開，再也沒有病痛，只是真到這一天，還是忍不住傷心。好幾天後，我才敢拿出阿嬤給我的檳榔葉扇子，想著上面應該還有阿嬤的指紋，或者味道。原來，「手澤猶存」說的是這樣的心情。

舊家及與舊家相關的記憶

一直記得那個午後。

那年我國一，剛搬家，新家離舊家不遠，就在同一條路上從二段到一段，大概車程十分鐘不到的距離而已。搬家那幾天，爸爸開著他的小貨車，一趟一趟地把所有家當細軟從舊家運過來。新家比舊家大得多，五層樓加地下室的透天厝，我們三姊妹興奮地在每個樓層跑來跑去，搶著要把自己看中意的房間先訂下來，劃地為王、據為己有。

那個午後，剛搬到新家不久，我打開房間裡的衣櫃，衣櫃的木門一拉開，裡面的味道全竄了出來，像神燈裡蟄伏許久的精靈，魔幻迷濛間那氣味讓我猛然地想起了舊家——

我們家的第二台貨車。小時候，我們一家五口就坐在類似這樣的小貨車上，一台車上山下海，全台走透透，如今實在太難想像了，趁著回娘家趕緊帶著三寶貝們跟阿公留影回味一下。

也許是因為我生性戀舊；也許是因為剛搬家，衣櫃裡還貯存了太多太多舊家熟悉的空氣；也許是這種嗅覺和記憶兩者之間的不期而遇，牽扯觸動到了我潛意識中某一條細微而敏感的神經末梢，才讓我這麼沒來由地忽然想念起舊家，以及在舊家的點點滴滴……

舊家是一棟三層樓高的透天厝，後面有一個小小的院子，院子裡種了石竹、九重葛和一些我叫不出名的花花草草，還有一架葡萄藤，上面長滿了一串一串晶瑩豔紫終年不凋的葡萄——是的，塑膠做的假葡萄。

那是我和爸爸合力完成的傑作。童年的我老愛幻想著這麼個場景：微風涼涼的夏夜裡，一家人坐在院子裡的葡萄藤下，乘涼、喫茶、聊天，隨手摘顆藤上的葡萄來吃，或者透過枝葉，讀著月光篩落下來的詩句……啊，這樣浪漫的想像，不須杜康，我已醺然。

成天吵著爸爸，「我們來種葡萄嘛！」拗不過我，爸爸突發奇想從花市買回許多逼真的葡萄藤蔓與晶亮的葡萄，為他任性而心愛的女兒架起了一座葡萄園。

完成的時候，我像個神氣的小公主似的盯著這座葡萄園，心裡歡喜地不得了，儘管不能吃，無妨，這是爸爸親手做給我，讓我抬頭仰望、觸手可及的一整片美麗紫色星空呀。

以後的許多個向晚，我愛坐在葡萄藤下痴想，支著頭、瞇著眼，沉浸在這種「天天都是葡萄成熟時」的自得其樂與幸福感中，任是外頭風強雨驟，我們家的葡萄總也不落。

爸爸開一小店經營電器行生意，小時候我們常坐在小貨車上和爸爸一起去送貨。一台冷氣機動輒數十公斤，我和爸爸兩個人，一口氣扛上好幾層樓的客戶家中，從來不嫌重、不喊累，後來想想，我骨子裡某種好強而不認輸的性格，大概就是這麼給逼出來的。那時與我相差十載的弟弟還沒出生，家裡只有我們三姊妹，我不知道爸爸是否也曾有過「生女不生男，緩急無所益」的遺憾，所以每次和爸爸一起出去工作時，我從不因為自己是女生而有任何偷懶的藉口，再沉的貨也都咬著牙搬上去，心裡只是急切地想證明著一點什麼，大概是，「爸爸你看，兒子做得到的事，我一樣也可以做得很好——」。

休假的時候，熱愛旅遊的爸爸也會開著小貨車載全家人一起出遊。五個人擠在小小的貨車裡：駕駛座上是爸爸，旁邊坐著媽媽，媽媽腿上抱著稚齡的妹妹，我則和姊姊分享媽媽側邊剩下的一點點空間。一家五口就這樣相親相愛地緊密共乘，有時路途遙遠顛簸，我們擠得兩腳又酸又麻，爸爸也會把車子停好，讓我們下來走動走動，然後很樂天地大聲宣布：「我們這樣叫『窮玩』喔！」是呀，也許經濟並不寬裕，然而我們曾經這樣窮盡心力也要全家共遊的拚勁，的確是童年中最最豐美富足的記憶。

好多年以後，家中終於有了第一輛轎車，交車的第一天，坐在後座的我們還著實為突然寬敞起來的空間，頗不習慣了好一陣子。現在舒舒服服坐在轎車裡的我們，幾乎已經想不起來，當年我們如何靠著一台小貨車，南征北討地千山萬水走遍……

童年的我們總共搬過兩次家，晚上睡覺的時候，我們三姊妹躺在木板床上有一搭沒一搭地閒聊著，十有八九總會講到我們住過的每一個家、和每一段時間發生不同的家裡的點滴故事。不一定是誰先提起，常常是這樣的開場白，「嘿！你們還記不記得，以前在舊舊家的時候，我們三個……」忘了是誰先想到，我們把最早住的第一個家叫做「舊舊家」，第二個家叫「舊家」，現在住的自然就是「新家」了，而且很有默契地，從來不曾把「舊舊家」和「舅舅家」搞混過。

搬來新家後，舊家出租給別人開小吃店，新來的房客嫌後院草木多，一旦疏於整理容易長蚊蟲，便將後院填平、改建成營業用的廚房。記憶中的葡萄藤坍塌了，那日回舊家，又驚又痛的我，幾乎是慌亂而倉皇地逃離了現場。

之後的幾年間，我們姊妹分別上了高中、到外地念大學，忙著讀書考試、也忙著學校裡自己的活動，有好長一段時間，我們竟難得全員到齊同行出遊。某次終於大家都有空可以一起出去玩，坐在車上卻突然發現昔日寬敞的後座，如今居然略顯尷尬的侷促……

原來不知不覺中，我們都已長大了。

＊本文題目仿自林文月先生作品〈飲酒及與飲酒相關的記憶〉，因為太愛這個題目裡，一種難以言喻的音韻上的美感，如歌的行板。

我小時候

小小時候，我夢想能有一頭烏黑亮麗的長髮，不夠烏亮不打緊，但長度一定要夠長，至少得超過肩骨以下的。可是媽媽總以不好整理為藉口不給留，「長頭髮很麻煩啦，要留等你上大學再去留！」，我就這麼清湯掛麵地留了十幾年的「娃娃頭」（聽起來很可愛，天知道當時我有多厭惡這三個字）因此每次拍照時我總會故意把頭側偏一邊，讓我短短的頭髮看起來瞬間有變長的效果；不然就是用手把頭髮全都撥攏到耳後，再仰起頭、下巴抬得老高地面對鏡頭，乍看之下倒還真給人一種長髮披肩的錯覺。

小時候我還夢想擁有一雙雪白亮眼的帆布鞋，或者是一雙粉紅亮漆皮鞋，鞋面上神氣地繫了一對小蝴蝶結的那種，配上我的粉紅色洋裝，好好看的。可是媽媽老愛給我們買難看又土氣的菜市場牌球鞋，因為它堅固耐穿超高ＣＰ。（有時簡直疑心要不是我的腳丫子日漸長大了，這鞋就算穿它個十年也沒問題）好不容易某次終於如願換了雙漂亮的新布鞋，隔天迫不及待穿去上學，儘管大雨方歇，校園裡泥濘處處，穿著新鞋的我小心翼翼地揀著乾淨的地方走，同班的幾個男生見狀故意在後面猛喊，「哈——穿——新——鞋——要——被——踩——三——下！」

小學三年級時家裡有了第一輛轎車，在那之前因為爸爸工作運貨的需要，家中只有一台福特小貨車。當時如果問我們轎車和貨車最大的不同是什麼？我們的答案一定是轎車裡的冷氣設備了吧，貨車沒有加裝冷氣，一年三百六十五天車內恆與車外同溫，再熱的天氣也只能車窗大開地享受「自然風」；而坐在轎車裡的我們就能關上車窗，舒舒服服地吹著冷氣，把毒辣的太陽無情的風雨也都關在窗外了。

我們最喜歡坐著爸爸的車到處去兜風，有次忘了去哪裡，窗外天氣本來還是大雨滂沱，卻突然轉為晴空萬里——原來就在那一瞬間，我們已經從雨區駛進了非雨區。我爬起來趴在後座上，好奇地透過車窗往後看，看方才的傾盆大雨，看現在的麗日晴天，（卻顧所來徑，蒼蒼橫翠微啊），簡直，上天剛剛變魔術般地對我們開了一個小玩笑。（看來那句古老的諺語「變臉比變天還快」似乎也並不全然可信——變天其實也快的很哪！）我努力在天空中搜尋晴雨之間的分界線，估計著有沒有可能我恰好站在那條線底下，然後雙臂伸開，左手接雨，右手逐日？

小四那年有次月考考了滿分四百分，為了獎勵，爸爸帶我們去看那時（保育觀念還不普及）相當火紅的「俄羅斯大馬戲團」表演。演出的內容包括有獅子跳火圈啦、大棕熊玩翹翹板啦等等之類的，我一邊睜大了眼地盯著台上動物明星們精采的演出，一邊又忍不住地胡思亂想：萬一戲棚子塌了、群獸亂竄的情況下，我們該往哪裡逃？散場後（幸好我們最終還是平安看完了），爸爸牽著我的手問我，對哪一個動物的表演印象最深刻？我的答案卻是中間串場時，那些由真人扮演的小丑——大概是他們臉上鮮豔而多彩的裝扮，強烈地刺激了我某些敏感的感官記憶吧？尤其是他們人人面具上那彎近乎誇張的巨大的笑臉，我好奇地想知道，在那極度歡樂的面具底下，他們也有著一張同樣開心的笑臉嗎？

更小的時候我曾有一個塑膠的卡通面具，始終記得，當幼年的我初次帶上那個微笑米老鼠時，我的嘴角竟然也不由自主地跟著飛揚起來。米老鼠的笑臉底下就是我的笑臉，笑容疊著笑容，果真是無憂無慮的童年。彼時面具底下的我是這樣的，不知道當年那些光鮮亮麗的小丑們呢？

小學高年級起，我開始隨手而零星地寫一些日記札記的東西，國中以後偶爾還會一時興起地把自己無意間掉落的頭髮，揀一兩根用膠帶黏在日記本上，以示紀念。記得當時我還在頭髮旁邊極其認真慎重地寫下「某月某日，我的青絲」——那陣子好像是念了李白的〈將進酒〉，剛剛學會「青絲」這個詞的意思用法，我馬上藏不住地在日記本中賣弄起來。時光匆匆，我的一頭青絲雖尚未成雪，卻也早已不復是昔日的短髮模樣；終於，我也長到媽媽法定可以蓄長髮的年歲了。

真是好不容易。媽媽的禁令解除後我開始留長髮，因為自己頭髮生長速度異常緩慢，上大學以來我始終不敢對它動刀，如此過了兩年我總算也有了一頭飄飄烏絲。每天我交替地使用著不同品牌的洗髮精和潤髮乳，洗澡時間和頭髮長度漸有正比成長之趨勢。沒有風的時候，我喜歡用手指輕輕梳攏過自己的髮際，想像一點微風吹過林間的感覺，然而，就像錢鍾書曾說的，「圍在城裡的人想逃出來，城外的人想衝進去。對婚姻罷，職業也罷，人生的願望大都如此」，我開始怔怔地想起從前短髮時率性的帶俏。

上大學後，獨自負笈北上求學，我像是一隻定期往返的侯鳥，在台北的學校和台中的家之間，來來去去。通常是禮拜五下了課，搭晚上的火車回家，到台中車站之後再打電話請爸爸來接我，回到家往往已是夜深了，爸爸會把晚餐餘下的菜、湯熱過，坐在餐桌旁陪我邊吃邊聊；有時，如果沒什麼想說的，我就一個人慢慢地把湯喝完。

我和爸爸都不是習慣把愛掛在嘴邊的人，同樣內斂，心底明明有十分感受的，話到嘴邊卻總有辦法把它硬生生地壓縮成極度精鍊的一兩分。從小我就傾向於傾聽更甚於言說，家裡四個兄弟姊妹，我始終是最安靜的那個，就像《紅樓夢》裡賈母形容襲人的，「是個沒嘴兒的葫蘆」。小時候有次隨爸爸媽媽去吃朋友婚宴的喜酒，席上的主菜有一盅燒酒雞，早已記不得當時年幼的我究竟吃了多少，不過媽媽卻相當肯定那晚我一定是喝醉了，因為我除了吃得整臉紅噴噴的，據說我還咕哩呱拉講了整晚的話沒停。

大概正是因為這樣安靜內斂的個性，我早早就發現言語之外另有更深沉更迷人的文字樂趣，也早早就愛上用書寫來宣洩心中許多不曾與人言說的心情。說也奇怪，平常寡言的我，寫起文章來反倒是絮絮叨叨不能自休呢（就像這篇一樣）。落筆的速度永遠追不上文思泉湧時，靈感一如黃河之水天上來的滔滔不絕——每次都想乾脆拿台錄音機錄下所有我想說的話算了，轉念一想馬上覺得此舉太不負責、也太失之口語，遂又作罷。

大二那年修了個體經濟學，正好上到其中相當著名的「賽局理論」，年輕的授課教授便在試卷上出了這麼一道考題：

草原上有一隻綿羊和N隻獅子，獅子為求生存必須捕食綿羊，但是吃了綿羊之後的那頭獅子自己也會變成一隻羊，試問：當N分別為2和3的情況下，那隻羊會不會被吃掉？

這童話般的考題實在太讓我印象深刻了。正確答案是，有兩頭獅子時，羊得以苟活；而當有三頭獅子時，羊則難以倖免。為什麼呢？因為在第一種狀況之下，獅子中的任一隻吃了羊、自己也變成羊，如此牠反而成了另一隻獅子的腹中物，於是兩隻獅子都在觀望等對方先下手（也就先變成羊），自己再來接收最終的勝利，就在這雙方都按兵不動暗中較勁的情形下，羊反能安享天年；相對來說，當獅子數目有三隻時，每隻獅子都想先把羊吃掉，因為當牠吃了羊也變成羊之後，狀況又回復到先前「一羊兩獅」的型態，面對剩下的兩隻獅子牠儘可以高枕無憂、有恃無恐。由此我們不難推知，當N=2n，羊是安全的；而當N=2n+1時，羊就難逃被吃的命運了。

「賽局理論」就是在分析面臨不同的情境模式下，個人的行為選擇將有何改變。或許是日有所思夜有所夢吧，考完試那天晚上我就做了個夢，夢見自己就是草原上那隻孤立無援的羊，四周有不計其數的獅群包圍著我，目露兇光，隨時有可能會撲上——未知結局我就先從夢中驚醒了，只記得方才危急之中，我居然還不忘冷靜地告訴自己，別慌，別慌，先數數看，搞不好獅子只有偶數隻也說不一定——

「吃了羊，自己也會變成羊」的模型設定也許難以想像，然則現實生活中不也有許多如此弔詭而令人失笑的前提假設，不知不覺地限制、甚而影響了我們最終的決策行為？行動之前先去揣測別人的心意——如果他這般，我就那般；如果他那般，我便這般——反覆沙盤推演，評估行動之後所帶來的實質損益，再決定做或不做，這不也正是今日我們大多數人所習以為常的行事準則了嗎？

小時候常會這樣，睡覺睡到一半，突然尿急，但好夢方酣，怎麼也捨不得離開香甜的被窩去上廁所。就在這延挨拖賴之間，我往往又跌入了另一個夢境：模模糊糊卻清清楚楚地看見自己正起身、走向浴室、打開門、拉下馬桶蓋，（接著，噓——噓——）（童年尿床的原因多為此）其夢境之真實，是連浴室地板上的磁磚花紋皆清晰鮮明、歷歷在目，讓人恍然不知夢裡身是客。理直氣壯地跟媽媽解釋，我以為我已經坐在馬桶上、所以才尿下去的嘛——想尿尿，就夢見廁所；就像想看山，山就向我走來了——孩子的世界裡，大概每件是都是如此理所當然想當然耳吧。儘管越來越明白，人生，有時是毫無道理可言的。

日記本上的我的青絲，究竟從哪一天開始，忽成白雪？

昨日還在認真蒐尋晴雨分界的少年的我，是在什麼時候學會了分辨夢與醒兩者的差異？甚至是、生與死之間撲朔迷離聚散離合的，無常界線？

從前一心只想快快長大，以為只要長大了，就能輕易伸手摘下天邊每一顆璀亮的星子，後來卻發現，滿天星斗怎麼一夜之間全都黯然失色了？

小時後最喜歡編織「我長大以後要怎樣怎樣……」的夢想，現在我長大了，卻開始喜歡喋喋不休地說起這些，我小時候。

寫給爸爸的情書——親愛的爸爸

應該是大一結束的那個暑假，我像以往的很多個暑假一樣，在家幫忙顧店、陪爸爸一起送貨。特別在父親節前夕寫了這一篇，登在當時的《聯合報》上。

爸爸是一家電器行的負責人，平常經營一些家電買賣、維修的生意，不過最主要的還是冷氣的經銷。炎熱的夏天是冷氣銷售的旺季，（人們總是在天氣熱起來以後才想到要裝冷氣了）每年當店裡冷氣機的進貨量越來越多時，我就知道：Summer is coming!

正值暑假，不用上課，有時我也會陪爸爸一起去裝冷氣，說是幫忙裝冷氣，其實我多半只是在旁邊負責遞工具啦、拿零件等等一些輕鬆的工作，真正困難的地方都是爸爸在做的。

客人看到我，常常會好奇地問，「這個小女生，怎麼會跑到電器行來打工啊？」爸爸就會又謙虛又驕傲地笑著說，「啊這是我女兒啦，在台北念大學囉，現在放假都嘛會和我一起出來作工」——然後，其實沒幫到什麼忙的我，就會博得顧客們一致的讚美誇獎。（嘿嘿，其實我真的沒做到什麼啦！）

不過裝冷氣的的確確是一件既費力又辛苦的工作，燠熱的天氣、繁瑣的安裝工事（分離式冷氣又比一般窗型冷氣來得複雜許多），再加上沉重的冷氣機體……每次看著華髮漸生的爸爸，一個人扛著冷氣機爬上好幾個樓層，幾乎被龐大的機器淹沒的小小的爸爸的身軀……那是我最難忘也最不捨的背影。

冷氣機裝上去之前，照例是一連串的前置作業：釘好安裝鐵架、測量間隔、鑽孔、接電源線……爸爸身上的襯衫總是濕了又乾、乾了又濕，明明自己是賣冷氣的，流的汗卻比誰都多……。

有次要在十六樓裝一台分離式冷氣，不巧那個顧客家的公寓大樓，沒有陽台可供安裝室外機，爸爸只好爬到窗外去，釘鐵架、裝置電線、再把整部室外機裝好——而這些工作，爸爸必須踏在窗外那條不到三十公分的狹小平台上完成！

我站在窗內，使盡力氣抱著爸爸，心裡是無比的惶恐，深怕一不小心，爸爸就掉下去了……回家後，我馬上動手寫了一篇文章：「別人的爸爸是賣力地工作，我的爸爸是在賣命……」

只寫了開頭這兩句，自己就莫名其妙地哭了起來——因為有親身體驗爸爸工作的辛苦，所以明白爸爸賺的全是血汗錢；每次我們一起出去工作，就覺得我要更愛爸爸一點！

親愛的爸爸，我知道今天你還是會一如往常地，早起、拉開鐵門、然後開始一天的工作，不過不一樣的是，今天你會讀到這一篇文章、會聽到我最真心的祝福：

父親節快樂！——寫給我最親親愛愛的爸爸。

與爸爸的七彩湖

和爸爸在水里與一同登山的隊友會合後，我們一行人浩浩蕩蕩向七彩湖出發，途經地利、合流坪、丹大農場、以及全台海拔最高的廟宇——海天寺。愈往深山裡去，秀麗青翠的山色越形奇峻壯闊，路況亦愈顛簸難行；窗外望去，不時可見土石堆和斷崖，納莉風災留下的傷痕至今仍讓人怵目驚心。

七彩湖，位於花蓮縣與南投縣交界處的中央山脈主脊上，為海拔兩千九百公尺的高山湖泊——其實，登山前幾天我才第一次聽說這個名字：那天晚上，為了一件小事和媽媽大吵一架，爭執許久後，我忍不住跑到房裡委屈地哭了，爸爸不久也推門進來，對剛才的事彷彿全然沒有發生過地隻字不提，當下似乎也沒看見我臉上黯然的淚痕。

過年這幾天，陪爸爸去七彩湖好不好？

七彩湖？

在花蓮，最近看到登山協會剛好開團。

爸爸指了指報上的活動訊息給我看，原來爸爸十幾年前就一直很想去七彩湖了，卻因地理與交通因素（需四輪傳動車方能前往）而遲未成行，這次終於得以一償宿願，爸爸心裡應該也是很期待的吧。

還有，下次不要對媽媽那麼兇喔。

嗯。

她的脾氣你又不是不知道，要多體諒她啊。

嗯。

不要哭了，早點睡。

我輕輕地點了點頭，望著爸爸離去的背影，不知道什麼緣故，已經收住的淚水，現在又紛紛掉了下來。

1

歷經數小時的崎嶇碎石子山路後，丹大溪終於到了，我們穿上及腰的防水膠褲，沿著清冽冰涼的溪水溯流而上。溪水並不深險，但膠鞋踩在苔石上仍偶有滑倒失足的可能。

清澈見底的溪谷底，大小不一的石頭羅列。有的墨黑圓潤，有如一方精巧的小硯，分明就是賈寶玉初見林妹妹時所說的，「西方有石名黛」；有的則潔白晶亮，一些含有水晶的礦石，在和煦冬日的照射下，靜定而自持地在波光中閃耀著。

想起童年全家共遊美西的往事，忘了確切在哪裡的一條小河，我們捲起了褲管，在河水裡興奮地淘撿著或許含有一點點金礦的石子。上上個世紀初的淘金熱潮過去了，當年眾多的尋金客終究只得不甘心地闔上了眼，彼時鐵鍬、十字鎬等金屬敲擊碰撞地叮噹聲已不復聞；而時光網篩篩落的些許碎片，至今仍然靜好地沉澱在河底。

哲人說，「你永遠不可能踏入相同的河流中兩次」。然而，真的不可能重來嗎？站在丹大溪裡，遙想十多年前那條不知名的小河，耳邊彷彿重新響起當時潺潺的水聲。也許因為那天的天氣都相仿，有風而晴朗，也同樣都有一泓燦亮蕩漾的水色天光。

2

當晚我們投宿在丹大溪附近的一處農場。雖名農場，實則各項物資設備皆極其匱乏，唯一例外是山上自產的蔬菜，其餘食材均由農場主人每月一次下山購齊。因陋就簡的浴間裡，熱水需靠燒柴而得；所有電力則仰賴戶外唯一一台發電機供應。晚上八點即停止供電，因此大家紛紛快速輪流盥洗。我從旅行袋中取出爸爸的各項換洗衣物：

——這邊是衛生衣、保暖褲、內衣褲、還有毛巾……

——羽毛背心要記得穿，洗完澡吹風怕著涼……

——襪子我先放在外面爐子邊烘烤，很快就乾了……

如果沒有我跟著隨行，這些瑣事爸爸應該還是會自己處理好的，不過也許是身為女兒天生都有一點母性的本能罷，既然跟爸爸出來玩，便自然而然地把這些當成自己的工作了。

忽然有種莫名地感受襲上心頭，彷彿在一瞬間，清楚地意識到自己真的長大了，有能力可以照顧爸爸——雖然眼前的爸爸還並不老，然而每回看著爸爸頭上開始竄出的白髮，一根一根都像要扎進我心坎。

也想起某次偶然看到的一個日本節目中，邀請擔任美髮師的女兒，在出閣前夕親手為父親理髮，作為一種儀式性的告別與紀念。女兒熟練地剪去父親的頭髮，俐落的喀嚓聲之外，兩人其實沒有太多交談，除了約莫幾句「謝謝您長久以來的栽培」之類的話語。鏡頭前，父親清瘦而多皺紋的臉上隱隱泛著淚光。

3

還不到十點鐘，放眼望去，群山已是黑夜沉沉。為了明天的行程，大家皆早早上床歇息。我和爸爸被分配到通鋪旁一個獨立小間，在地板上鋪好毛毯和棉被，一片靜謐中，我耐心等待著睡意的萌芽，卻是輾轉反側，因為平日根本不可能如此早睡，而上次和爸爸同寢，更不知是多久多久的從前了。

睡到半夜，模模糊糊感到一陣涼意，睡意濃重的我，只是側轉了身繼續蒙頭大睡，身旁卻傳來爸爸的聲音：

要不要去看星星？

現在嗎？

我剛才先出去看過了，星星好多！

沒有太多猶疑，我馬上從溫暖的被窩中跳起來，窸窸窣窣地穿上羽絨外套，忽然明白了方才那一陣冰冷是怎麼回事：不想太早吵醒我，爸爸先躡手躡腳開門出去探查，確定有星星後，才進來叫醒我的。

4

第二天的行程是七彩湖，從登山口到目的地有1.2公里的路程，我們中午出發，預計傍晚之前抵達，隔天剛好可以欣賞七彩湖的日出。

當晚我們睡在山上僅有的一間廢棄工寮裡，睡袋自備、水電全無，整間工寮唯堪遮風避雨而已，比較起來，昨日的農場竟已是人間天堂了。尤其在漆黑一片的所謂「廁所」裡，一面拿著手電筒、憋住氣，一面戒慎恐懼地將腳精準地踩在兩旁磚塊上，萬分小心不要噴濺到底下分不清是什麼的液體……這種恐怖而畢生難忘的如廁經驗，事後想起來仍然覺得有些頭皮發麻——然而，儘管如此、除此之外，如今我還是充滿無比感性與緬懷地追憶那三天兩夜的七彩湖之旅！

就像夏目漱石在《草枕》裡所寫的，「在做草履旅行之間，朝晚叫苦，抱怨旅行之苦；而當向人述說旅遊經驗時，卻一點也沒有怨言，有趣、愉快固不用說，連往日的怨言都津津樂道。這並不是欺人之談，在旅行之間，他是個常人；在談論旅遊經驗時，他已是詩人。」

距離往往產生美感，而隨著記憶脈絡的一路延伸，所有往事也都多了一層回味的濾鏡餘韻，昔往氤氳的光輝。

5

清晨的七彩湖，初升的旭日在湖面上投映出斑斕絢麗的繽紛光彩，彷彿是急於向我們證明，七彩湖的美名，其來有自。

站在制高點上，天開地闊，獨立蒼茫，張開手擁抱四周群山，風聲呼嘯，幾乎覺得自己是宇宙間的王。同團的隊友忽然感嘆地說，「可惜住宿條件不好，下次不知道哪一年再來了……」

誰知道呢？有些風景，也許一生中注定只有一次欣賞的機會，只能加倍珍惜、把握人生中永遠無法重來的每個當下，旅次中或有甘苦，終能凝鍊成絕美的光，像那天七彩湖的日出一樣。

跌倒之必要

從小立志當個文藝少女的我，常常在想，文字到底能多感人？

就我自己的閱讀經驗來說，有時遇到了難得的好書，書中每一句話都不偏不倚地撞進了我的心坎裡，讓人只能先闔上書、閉上眼、輕輕地嘆了一口氣：「是啊，是啊，我的心情怎麼就讓他寫出來了呢？而且寫的這樣好……」那種感覺，就像登上一座極高的山嶺，人煙罕至，遺世而獨立，全世界整個地安靜下來了，只剩下自己的心臟兀自激動地狂跳著。

我想文字真是有如此魅力的。我相信人世間所有的至悲至喜極苦極樂都能經由文字的鐫刻而成為一種不朽，或者安慰。尼采說「一切文學，余愛以血書者」大概是因為迷戀某些悲劇裡影影綽綽流露出的美感氛圍，童年的我曾不只一次地計劃著長大後要做一件驚天動地的大事，然後馬上壯烈地死去——那時我一直認為「悲壯」與「偉大」之間是極高的正相關，平淡簡直是平凡的另一個同義詞。而庸俗是我絕對無法忍受的。

而今，人到中年，逐漸可以開始老成地說，人生何必非要轟轟烈烈不可呢？好好活著，努力在人群中發出自己一點微薄的光亮，其實也是相當值得喝采的成就。

遂連寫作的方向也漸以簡樸平實為原則。有人批評那種對自己過分感到興趣的作家，說是「他們花費一輩子的時間瞪眼看自己的肚臍，並且想法子尋找，可有其他人也感到興趣的，叫人家也來瞪眼看」——儘管每次讀這段話，我總會略感侷促地想到自己——

大部分的文章仍然相當頑固地堅持著以「我」來開頭，習慣將我周遭真實的人事化身為筆下的主角，我就是喜歡記錄這個城市裡每天各種不同的悲歡故事、以及生活其中所發生的那些小小的驚喜，小小的感動。我喜歡這樣自由書寫如同自由呼吸的單純快樂！

韓愈認為文以載道，文學自有其應肩負的使命與責任；我沒有那麼神聖的企圖和目標，只是想寫，只是試著在文章中傳遞出一些自己對生活的態度和理念，只是願意透過文字去觸動另一顆和我心跳頻率相同相契的心靈，如是而已。

回顧中學時期，就算課業繁重，我的書櫃始終寶貝地放著三個大鐵盒，裡頭裝了好幾百封從小到大和同學往來的信札，並且持續地累積增加。爸爸對我仔細留存這些信件的行徑相當不以為然，他總愛叨念著，「就是無聊的學生才有閒情逸致來寫這些信，我以前也跟你一樣，其實現在看，寫這麼多有什麼用呢？等你以後長大出社會就知道了」——言者諄諄，但我仍然義無反顧持續地寫信、等信，珍而重之小心翼翼地保存著每封來信。

不是我鐵齒，不是我不願意相信父母在生活中歷練出的這些人情事故，我知道那就像一條崎嶇不平的道路，他們以過來人的心情提醒我，怕我跌倒怕我受傷，怕我在相同的地方再摔一次——可是，張愛玲都說了，那是生命中一段「非走不可的彎路」呀，即使會受傷，我也要自己去跌過摔過，深刻地記住那股疼痛的滋味。就算將來我會失望吧，但那正是此刻我義無反顧的原因，錯過了，就再也沒有了。

也只有年少時才有如此豐沛的情感足堪揮霍。幾乎是沉浸在自己優渥的淚水之中了，有時竟可以為了一段音樂一本書一句話而淚眼婆娑，只是因為它們勾起了我某些難忘的歡愁記憶。比之「看山亦是山，看水亦是水」的豁達暮年，年輕時的喜悲往往不可避免地顯得浮面，大概是少了歲月沉澱錘鍊的重量，連悲哀看來也有幾分淺薄。彼時仍是學生的我在書桌前臆想將來種種，老氣橫秋地奮筆寫下這滿紙荒唐言，其實也是相當可笑的吧？未來的事誰知道呢？等到我八十歲那一天，視茫茫而髮蒼蒼地，戴上老花眼鏡重讀這篇文章，也許我會微笑地對旁人說道，哎呀，看倌，真是見笑了。

無賴者言

（浴室裡嘩喇嘩喇的水聲）噓！別吵！我有靈感了！第一段如此這般，第二段這般如此，第三段第四段……起承轉合，一氣呵成。／噯，瞧你，靈感一來就緊張得什麼似的，連洗個澡都不專心！／（完全不經大腦思考、熟練而機械化的動作：沖濕頭髮↓抹上洗髮精↓再來潤髮乳↓洗面乳↓肥皂↓搓搓搓↓沖水、沖水、沖水↓……）噫！有了！題目就叫這樣好了！（沾沾自喜，在蓮蓬頭下旁若無人地縱聲大笑）你懂什麼？機會稍縱即逝，靈感一來就要好好把握啊！／把握？你不知道那個有名的大作家都說了嗎？「那種稍縱即逝一去不回的『靈感』，大概也不會是什麼好靈感」——只有你啊你，還在這裡破銅兒當寶的敝、帚、自、珍！／（步出浴室，直奔書房，攤開稿紙，奮筆疾書）敝帚也還是帚啊，毛主席說，「管它黑貓白貓，能抓老鼠的就是好貓」，你聽過沒有你？依然堅持筆耕不輟，並且堅信自己「已經寫出來的都不夠好，最好的作品都還沒寫出來」——

於是永無休止的創作成了一種不得不然的堅持與自我挑戰，你可以說它是完美主義，也可以說根本就是無賴（有什麼辦法呢，我最好的作品都還沒寫出來呀）；於是繼續像盤據在鼠洞外的一隻飢餓的貓，靜靜地瞪大了眼，機警地逡巡著空氣中任何一點可能的吉光片羽，屏氣凝神，不敢稍歇；於是撚斷數莖鬚的苦思之後，終於福至心靈，下筆萬言；於是……

台北　上海　雙城記

二〇〇六年暑假，因為研究所同學牽線，我短暫在上海的一個跨國媒體集團實習一個月，從而結識了一群優秀可愛、貨真價實的大陸文青。彼時兩岸氣氛融洽，民間交流暢旺，結婚後我們還分別在台北、上海重聚了一次；對照今日國際間政治角力的詭譎緊張情勢、加以疫情攪局，原來再見如此不易。僅以這篇浮光掠影的隨筆，紀念人生中一段永不重來的少年交遊，飛鴻雪泥的交會，可貴的是當時的一片純真的心。

你們的城，與我們的城，大家都說是非常近似的。在你們的城，有匯集各省各市的人才，大家為了追逐理想與熱情而來；在我們的城，亦是大海容納百川，除了一種身為首善之都的自信與驕傲，這裡的天空，更因為有著每個人記憶裡共同的年輕的笑容，所以永遠青春不老。

我們的雙城，因為一些現實中隱晦而難解的因素，顯得比實際地理距離要迢遠的多。最早的時候，我是從張愛玲的文字裡去想像你們城裡的一切的，想像〈紅玫瑰白玫瑰〉裡的嬌蕊如何穿著色彩鮮豔刺目的襯裙，起身去為振保揿鈴的樣子，蠻橫中或許還帶著一點點調情的味道……不知道為什麼，我特別喜歡這個「揿」字，彷彿只有在你們那裡古老洋房雕花而微鏽的門前，才適合用這樣一個傳神的動詞。輕輕一按，所有久遠的傳說與記憶也就這樣優雅地被打開了。

漸漸地，等到我的味蕾也終於有了記憶的負載，我開始學會從中國餐館的各地方菜系裡，細細品嚐體會你們那裡的喜好口味。聽說你們城裡的餐館師父，做菜時「不放糖就好像不會煮了」；路上開車的司機，「喇叭壞了就好像忽然不會開車了」。乍聽，我已忍不住笑了起來，如果說你們的城與我們的城有些似曾相識的地方，大概是我們這邊的人，也同樣有一點這樣固執而不耐的脾氣吧，簡直像偏執狂般的堅持著某些事物。

我說的，當然不只是凱達格蘭大道上那些恣意綻放的滿地紅花，那些態度平和但立場堅定、風雨無阻天天排班到場的群眾們，而是在這個城市的最尋常角落裡一些最不尋常的存在。那感覺，就好像生活在薪水袋增幅永遠趕不上物價上漲速度的這個時代，偶然發現巷口的牛肉麵店依然堅持著90元一碗、加湯加麵不加價的親切與感動。略顯局促的小店內，一邊揮汗吃麵，一邊認真地問老闆這樣不惜成本的經營，不會賠本嗎？卻見他想都沒想地立刻回答，「都是老客戶嘛，大家吃飽最重要。」

天生的熱情與豪氣。難怪許多曾經到過我們城裡的人都說，這裡的風土可愛，而且人情最美。

在你們城裡的那一個多月，對我是一項全然新鮮的旅程與體驗，尤其是從你們的城的高度，跨過一條海峽，回頭重新認識我們自己的城。聽你們興致昂揚地說著，以後有機會也要來我們的城裡看看，登上101俯瞰這片土地，吃遍大小夜市裡便宜又好吃的小吃，還有那家越夜越美麗、24小時不打烊的有名書店……，然後，有些羞赧地搔搔頭說，不好意思，我們對你們那裡的了解不多，只知道這幾個地方。我搖搖頭，心裡則是無比的好奇，從你們片段的印象拼湊出的我們的城，該會是怎樣既親又疏的風貌。

又熟悉。又陌生。雙城裡的人們都打牌，不過我們叫做「大老二」，你們則說是「跑得快」；雙城裡的人們過中秋都習慣家族團聚共吃月餅與柚子，不過我們柚子的切法是從上而下，齊整而等距的劃開五刀，剝出裡面的果肉，外帶一頂童趣十足的瓜皮小帽，小時候父母親總哄騙我們戴了可以抗頭蝨的，那頂猶有果肉清香的小帽自此成為家中手足年年秋節爭搶試戴的珍品。而你們則是規規矩矩的將柚子對半剖開，沒有瓜皮帽，在當時嚴格推行一胎化政策的限制之下，所謂的兄弟姐妹更是你們無從啟口的一個半隱性稱謂。

當我們義憤填膺地談論世局時政，慷慨激昂地感嘆果然權力一如春藥，並且越多的權與錢，只會令人越快地腐化……卻只見你們有些驚奇、也有些羨慕地說，真好，至少你們還談政治，不像我們這裡，所謂真相始終是稀缺的資源，電視新聞裡永遠只看得到領導人去幼兒院，抱抱小朋友一派慈眉善目的樣子，看久了，對這些事務也就沒勁了。

是的，我們還談政治，雖然大部分的時候，我們更寧願聊聊台灣之光王建民在美國職棒大聯盟令人驚艷的出色表現。

似乎是這樣的，不管有沒有得選擇，談起管理眾人之事的政治，身為眾人之一的市井小民總是覺得有些洩氣與無力。那麼，今天不談政治吧。你們輪流為我進行上海話教學，儂好，謝謝儂，上海話的謝謝聽起來倒像是國語裡的爺爺。我回教你們講幾句閩南語，儘管在我們的城裡，這也是個逐漸凋零死去的語言呢。我一字一字的用閩南話慢慢唸出，二——空——空——六，你們也亦步亦趨的跟我唸出，二——空——空——六，你們都被自己拙稚的腔調語法給逗樂了，還不忘異口同聲說，台語的零真好記，因為唸起來就是空，這樣一定不會忘記了。

二——空——空——六，永遠都要記住啊，你們這樣告訴我，因為這是遇見你的一年。

也是這一年，我們約好要參考我們城裡的一些經驗，到你們城裡辦一本屬於這個世代的雜誌，這原來大概只是一點說著玩兒的夢想，你們卻讓我看到了夢想實現的可能。我笑笑著說，你們知道嗎？在我們那裡有句刻薄的俗語是，「如果你想要害一個人，就叫他去辦雜誌。」你們聽了也笑開了，告訴我，你們那裡原來也有同樣的說法。

然而儘管是這樣，我們還是決定勇往直前。尤其因為發展歷程的不同，許多在我們城裡被視為眼高手低的想望，到了你們那裡，居然都成為可以按部就班實現的具體目標。我不明白，究竟是我們太悲觀，或者是你們太樂觀，只是很清楚地確定，不同的城市，有著同樣一群愛作夢的人，原來是一件太浪漫、太幸福的巧合。

在上海實習的一個月，心心念念一定要去拜訪的常德公寓，如今已是私人住宅，顧門的大媽一般是不讓閒雜人等上去的，還好同行好友天生非常善於與人攀談聊天的個性，短短幾句便與大媽相談甚歡，最後我們居然獲准速速上去拍照留念。攝於張愛玲與其母、姑姑一同住過的**51**號房前。

傾城

九一一事件震驚全球。在天搖地撼的恐攻事件中，原是一日的尋常，而我們親眼目睹了無常。轟炸過後的市街上煙塵漫天，宛如廢墟，觸目所及的斷睹殘垣裡埋藏著一個又一個令人心碎的故事。最讓我聞之惻然的是，在其中一架遭挾持的飛機上，一名男子在失事墜機前幾分鐘打手機跟自己的母親訣別，「媽媽，我們被挾持了。如果我們今生不能再見……你要知道我非常愛你……」

王鼎鈞的《紅頭繩兒》裡有一段描寫抗戰時日軍空襲，少年與心儀的紅頭繩兒慌亂之際恰好躲入同一個坑中避難的情景：

……我有許多話要告訴她，說不出來，想嚥唾沫潤潤喉嚨，口腔裡榨不出一滴水。轟隆轟隆的螺旋槳聲壓在我倆的頭頂上。

有話快一點說出來吧，也許一分鐘後，我們都要死了。……要是那樣，說出來又有什麼用呢？

「愛要及時」早已不是一句新鮮的台詞。可是有多少人真能做到、而不是任著生命無情地流逝以後，才在遺憾中追悔、才驚覺很多該做的事尚未完成、很多想說的話不曾開口……甚至是，很多值得去愛的人，已經不在了。

電影《鐵達尼號》中，船沉後，男主角要求女主角，「答應我，不管以後發生什麼事，你都會勇敢地活下去」——當死亡已在眼前，對生者來說，「好好活著」便成了一種責任、一種義務、一種跨越死生界線的深情約誓。

是的，為了心愛的人，請千萬珍重你自己。古詩十九首裡，寫妻子思念遠征良人的心情，「思君令人老，歲月忽已晚。棄捐勿復道，努力加餐飯」——儘管相距這麼遠、分別這麼久了，還是要為你好好活著；時局再怎樣艱苦困頓，因為有愛，所以永不放棄希望，所以有勇氣努力活下去！

相傳為蘇武、李陵（實則年代久遠，真正作者已不可考）贈答詩之一的〈留別妻〉中，「去去從此辭，行役在戰場，相見未有期。握手一長嘆，淚為生別滋。努力愛春華，莫忘歡樂時。生當復來歸，死當長相思。」戰爭何其殘酷，文人是以最溫婉含蓄的筆觸寫出了最深切醇厚的情感。

細細咀嚼這些素直的古詩，總是讓我心中莫名地震顫著。想像著離別之際的戀人絮語，「我走了，你要好好保重自己，不要因為掛念我而傷悲，就想著那些，我們曾經共有的歡樂回憶吧。此行征役，如果活著，我一定回來與你團聚。就是死了，我知道我們會永永遠遠住在彼此心裡……」。

生死本是無可預期，聚散離合也永難逆料，至少記憶終將恆久留存在我們心底的吧。即使明天我將死去，今天還是要說愛你。

啊，怎麼覺得古典文學其實很可以打趴一堆韓劇！

情書

0

如果把心愛的人叫做「情人」，心愛的書自然也可以叫做「情書」吧。

1

認字的能力好像是與生俱來的。

據說白居易未滿兩歲時便已能「默識之無」，我沒有那樣驚人的天賦異秉，不過在讀小學之前，我也是每天早晨坐在爺爺的懷裡，陪他一起看完當天報紙。雖然大字也粗略認識了幾個，對當時的我而言，報紙上仍然充斥了太多艱難生澀的的方體字，爺爺有時也會教我認字，而儘管方塊文章難懂，我仍然維持每天和爺爺一起讀報的習慣，看報於是成了我另一種認字的遊戲。

之於我，閱讀而悅讀，彷彿本來就是如此天經地義理所當然的一件事。

2

就這樣一頭栽進了文字的世界。

我生性敏感而內向（有時簡直接近自閉的害羞），尤其是在面對新朋友時的攀談寒喧，更往往讓我感到侷促拘謹而手足無措。於是喜歡優游於書本之中，不需客套，不需言語，只有人與文字素面相見的單純感動。

後來也不免懷疑，當初到底是因為個性不擅交際，從而因緣際會地深深領略到文字的魅力；抑或是因為浸淫書中太甚，讓我忘了偶爾也該從書頁中抬起頭來，關心一下週遭的人、事？

3

中學時期開始發瘋了似地大量閱讀。簡媜形容自己是「食字獸」，我亦以此自勉，手上一有書就趕著把它看完，囫圇吞棗在所不惜。

高三那年，不要命的我給自己定下一年讀完一百本書的目標。緊鑼密鼓的高三生活，大家莫不如臨大敵地念書用功，我也用功，用功念那些聯考不考、雜七雜八的閒書。

當時台北市仍由阿扁主政，一條新的捷運系統剛剛完工啟用不久，新聞報導上，阿扁意氣風發而信心滿滿地表示台北捷運將來會是「一年一條，五年五條」——我馬上在自己的記事本裡借用了阿扁的驕傲與自信，用斗大的字體寫著，「一年一百本，五年五百本！」下筆之際，覺得自己簡直豪氣地不可一世。

4

感謝祖上有德、感謝老爸老媽平常燒香燒得勤（老媽總說我們家的書桌方位有請算命仙看過，很符合風水），我這樣的「用功法」居然也考上了大學。

只是剛上大學的那幾個月卻是我離書本最遠的時候。剛結束大考，又接觸一個全然新鮮的環境，好一陣子，我幾乎要忘了「讀書之樂樂何如，綠滿窗前草不除」的樂趣，一個月難得讀完幾本書。

直到有一天，我突然驚慌地發現，自己竟然背棄了這些心愛的書本這麼久、這麼久……那天下課立刻跑到學校對面的誠品去買書，買的是胡蘭成的《今生今世》。

一直清楚記得那天下課時的心慌，以及買完書、看完書之後終於一點心安的複雜心情。

5

真好。愛看書的習慣又回來了。

現在我習慣到師大附近的書店去看書。

有一次在書店裡看琦君的《橘子紅了》，琦君簡單平實的文字背後，常蘊含有最深刻真摯的溫情，而且我本來就知道這會是一部感人的小說、本來也就知道自己是個淚腺發達的人——只是我都還太低估這些因素的程度了，那天我站在書店一角靜靜地捧著書看，看到秀芬那樣純樸善良的人，最後卻是那麼不明不白地死了、看到她和六叔之間莫可奈何地相愛而分離……看著看著，我竟然在人來人往的書店裡，怔怔地掉下淚來。

台灣話說是「做戲瘋，看戲憨」，至於看書看到流淚的，大概是天下痴傻瘋癲第一等的了。然而我還是固執地以為，為了一本書而歌哭，是一種多麼珍貴而美麗的淚水。

還記得上一次對著書頁掉淚，是多久以前了嗎？究竟是感人的書越來越少，或者缺少的其實是那顆，容易感動容易共鳴的溫柔的心？

6

看書還不夠，遇有自己喜歡的書更會想要把它買下來收藏。尤其是自己戀慕的作家，千方百計地蒐羅他們所有的作品，總要買到自己的書櫃上終於出現一套他們完整的全集，才肯甘心、才肯乖乖罷手。

前陣子讀了席慕蓉的詩集後，我開始愛上了這位流著蒙古血液的女子。那天又到師大夜市的書店裡抱回她兩本散文集，在櫃檯結帳時，向來最愛跟顧客聊天的老闆照例笑著問我，「喜歡席慕蓉喔？」我點點頭，他隨即接口，「那一定要買她的《七里香》和《無怨的青春》」，老闆認真地強調「那兩本都是經典、經典！」

「有啊，早就買了」，我開心地對老闆遞過去一個大大的笑容，很欣喜地覺得老闆真是席慕蓉的知音，也是我的知音，儘管素昧平生。

當個書店老闆真有意思！遂又自己在那邊痴想了起來——以後我也來開一間書店，店裡禁止飲食與寵物（邊吃東西邊看書，是對書嚴重的大不敬），但是歡迎看白書（站著看書太累了，我得記得要在店裡擺幾張桌椅），幫買書的客人結帳時，如果他選的書也是我喜愛的，我想我一定會很興奮地對他說，「嘿，小子，眼光不錯嘛，這本算老闆送的好了！」（淨做賠本生意書店可能早早就得關門大吉——嗯，那麼打個對折也行）

我很願意自己將來有一間這樣的書店。

7

買書時，看著滿壁好書，每一本書都在燦著一個誘人的微笑、每一本書看來都是那麼讓人愛不忍釋。無奈阮囊羞澀，只能忍痛割愛、極其艱難而克制地只選了其中少數幾本……那種掙扎的心情常不是外人所能理解的。

我習慣把買來的書安安好好地排在書架上，歡喜地欣賞那份齊整有致，書架前的我就像是一位校閱軍容的將領，志得意滿地檢視著這些麾下同袍。

有些人不買書，說是把全世界的書店和圖書館都當作自己的書房，何須買書？這等氣度胸襟我卻不能——在買書這方面，我是天底下最褊狹、佔有慾最強的讀者。

「買書不可不貪」說的多好啊，我和張潮一樣，是個理直氣壯而振振有詞的貪書鬼。

8

日光初現，我是一本攤開扉頁的書，標題已在昨夜掀去

——鄭愁予

那些，每一個為了貪看幾行書而不眠的夜裡，
每一本曾經深深感動過我的書，以及，
每一頁掀去的篇章啊，該記錄了多少我再難重來的青春年少？

席慕蓉說青春是一本太倉促的書，但願我永遠永遠都不要忘記，燈下展讀的當初，原來竟是一種怎樣美麗的心情與華年。

我愛狄波頓

大學時期，很喜歡英倫才子艾倫・狄波頓（出版社的人設超成功！）的書。印象最深的是《我談的那場戀愛》中，男主角愛上女主角珂蘿葉的理由之一竟是，兩人初次見面時，她手上正好拿著一本和他同樣版本的《安娜卡列尼娜》——大概我也是個愛穿鑿附會的人吧，隔天馬上又買了一本《我談的那場戀愛》打算送給正在台中當兵的V，旁邊註解著，「從今天起，我們的書架上也會有相同版本的狄波頓喔——不過我的是第五刷，你的第六——」

遂這麼不知不覺地箴注完了整本狄波頓，在每一句令我心有戚戚或感同身受或會心一笑的地方，極度認真而工整地加上自己的眉批，把我的感動和想念一併寄給他。越來越發現自己就是這樣的人，偶然發現了一本精采的好書，便迫不及待地揮揮手要他也來讀一讀。

如果我們的談話範圍自此多了一個狄波頓；如果每次聽到狄波頓他就會立刻想起我；如果有一天我問他，「欸，你記不記得書裡第一五二頁寫的什麼什麼……」他也馬上回答我，「對呀，上面第幾段你還加了什麼什麼註解……」那會是多麼浪漫的一件事。

書的首頁上，我（自認巧妙地）套用了書名作為題詞：「想告訴你，我談的『這』場戀愛，有多美好——」

啊，太露骨了嗎？不過因為愛的緣故，所有的肉麻都是可以被原諒的有趣吧。

寫給V的情書——以愛封緘

親愛的V：

刻下一枚印給你。

三生石上。用的是佛經典故。下刀之際特別深刻，只為穿鑿附會一些「深ㄎㄜ」與「深ㄎㄜ」之間的聯想——我深刻的愛情，皇天后土，以石為證。

每次見面後，總習慣性地照照鏡子，只因為想知道今天在你心中，我是什麼模樣？

喜歡在涼涼微風的午後，坐在你機車後座，把頭輕輕靠在你左邊肩膀上，瞇著眼，什麼也不想。紅燈時，猜你會轉過頭來說什麼話，或者，什麼也不說，只是傻傻地對著我笑。

難忘那年夏夜，在大安森林公園，你第一次牽起我的手，溫柔而堅定的眼神，澄淨、清朗，一如當晚的月色。

難忘在基隆漁港，對著遠山和外海，你向我許的海誓山盟。晚上。在堤岸邊看滿天星子，月光親吻著海洋，海洋戀愛著月光。偶爾，還有燦然劃過天際的流星——常常只記得尖叫而來不及許願的，不過我知道，所有心中的想望，自此，都是因你而起。

好想好想，為每一天尋常的幸福慶祝！

認識的第三年，太習慣了有你的日子。你去新竹工作後，我的台北，突然變得寂寞了。你不在的日子，許多我們共有的記憶常沒來由地湧上心頭，溫柔而蠻橫地偷襲我，每一幕熟悉的記憶遂都延長為一條思念的線索，輕輕地暗示著你從不曾真正遠離。

而轉眼間，今年冬天又來了，新竹的冬天也有這樣下不完的毛毛雨嗎？

綿綿的雨聲悄然入窗，我還是和當年那個與你初初相遇時的我一樣，最愛這樣靜靜的夜裡，伏案，給你寫長長的信。

有一個人

有一個人，與你沒有任何血緣關係，卻總讓你覺得親如家人，面目眉眼都熟悉。

有一個人，讓你越來越明白在擁有時就要懂得珍惜，路才走得長。

有一個人，總讓你在每個獨處的片刻，沒來由地深深深深自內心湧起一股最真摯的感謝，感謝命運讓你們相遇。

有一個人，你本以為最務實不解風情、常有俏眉眼做給瞎子看之感的，卻是相處日久後才發現，素直中亦有深滋味。

這一個人，讓向來政治冷感的你也忍不住要引用馬英九那句競選口號：一路走來，始終如一。

有一個人，陪你一起看完電影《偶然與巧合》後，還來不及與你討論劇情，先不忘一臉認真地對你聲明，「我們不是偶然、也不是巧合，是註定。」

有一個人，自己節儉地近乎慳吝，在美國念書時，為省單趟1.3美元的公車車資，而選擇日日在雪地裡拚搏、相當堅苦卓絕地走路半小時上學，卻願意為你一口氣買一百多美元的紐約名產KIEHL'S金盞花化妝水與酪梨眼霜，讓你感動地保留那張收據——物質從來不該用來評斷感情的重量，然而心中還是珍重，只因你知道收據背後的實際價值與潛在意義，遠遠大於那一百美元。

有一個人，知道你自中學以來瘋狂著迷於日本女星廣末涼子，甘願擔上「見色忘友」之險的，硬是向同學搜刮他費心從日本蒐羅帶回的精美限量涼子文件夾，並且在她主演的電影《Wasabi》上映當天，手牽手準時向戲院報到，用行動具體展示了什麼是「愛屋及烏」。

這一個人，還跟你一樣固執，不輕易說愛，但是喜歡上一個人，就會喜歡很久很久。

有一個人，不會對你說「歲歲年年花相似，年年歲歲人不同」之類的純愛文青式話語，卻會開車和你舊地重遊每年花季的陽明山，遍地純白的海芋花田，花苞裡藏的分明是當年春天初初相戀的記憶，和更多無須說出口的繽紛花語。

有一個人，在你每次好奇追問相愛的緣由時，總會一次一次不厭其煩地告訴你，「因為你好像另一個我，另一個完全相反的我。」

有一個人，在外頭可以意氣風發驕傲像隻獅子，在你面前卻溫順一如小羊、一如約翰・藍儂對小野洋子唱的，the little child inside the man。

這一個人，有時看似對你要求很多很囉唆，有時卻又是天底下最容易討好的孩子。

有一個人，可以不問緣由一肩承擔你的淚水，可以和你一起唱著陳綺貞的〈滬尾小情歌〉，唱著唱著就流淚了，卻更歡喜與你分享你的喜悅，並且永遠把你的快樂看成自己更大的快樂。

有一個人，偶爾也會和你吵得臉紅脖子粗，氣消後，又走過來給你一個輕輕的擁抱，只因說好吵架不過夜，而且看你開心的笑遠比爭論事情對錯更重要。

有一個人，總是義無反顧地支持你，吹捧你到偶爾會忘了「君非海明威此一起碼認識之必要」的地步，然而卻也還是一味心安，因為你知道不管如何，世界上至少還有這麼一個人。

這一個人，讓你把所有想說的通通，到最後也只都化作了最簡單的兩個字——

那是「謝謝」。

愛情長跑八年之後，繞過大半個地球，我們結婚了！！！想起來連自己都覺得不可思議，以前習慣稱呼「學長」的這個男人，從今以後注定要以另一種身分，與我共度往後的人生，真是一種很難形容的感覺。

婚期逼近前，天天忙得昏天黑地的，婚禮的介紹人請我們互相寫下對彼此的感覺，好做為他上台致詞時的參考。琢磨了一會，總算寫下幾段話形容他，大概是太熟了，反而不知該怎麼描述他，又怕寫的不夠完整，於是找出以前寫的〈有一個人〉充作輔助的素材。

寫到中間那段，「是個讓我想與他一起慢慢變老的人」，不知怎地，淚腺超發達、哭點超低的我居然默默掉下淚來了。其實這句話，不就是詩經「執子之手，與子偕老」的白話版而已嗎？然而還是莫名感動，世界何其大，而我真的遇到一個可以這樣萬般都訴與他知的人。

祈願天下有情人終成眷屬。

也附上V當時寫的我：

……她是個很有氣質的才女，她的氣質是那種文學家的氣質，很有古典美的氣質。我很喜歡她寫的文章，尤其是與我有關的文章，覺得可以兩個人在對方生命中佔有重要的位置是很幸福的。她寫的一般文章能讓我這種連文學欣賞都沾不上邊的男生也能直通心坎，覺得很有共鳴。

雖然我在認識她的時候並不知道她很會寫文章，但是我可以感受到她是位很有文藝氣的少女，而且很有感染力，讓我這個大學之前不太讀文學的人也讀起書來。她發給我一張會員卡，有十個格子，就像現在坊間的集點卡，每個月看一本她推薦的選書，我就可以得到一個印章，很有趣。因此我收集到了終身會員卡，可是持續了兩年以上才有這會員卡喔。

她也非常賢慧，很會照顧人，常常做了很多美味的食物，與我一起坐在台大的一角用餐。別看我現在體重稍微比較重，很多是她貢獻的。我們還替我們的便當取了不少名字，什麼「花團錦簇」、「清甜真滋味月見三鮮，絕妙巧搭配鮪魚雙拼」之類的……很浪漫也很幸福。

看《三國演義》時，常常會看到很多城池是易守難攻的，她就是這樣的一個人，很能忠於她的城池。以前她是我的女朋友的時候，我卻還是她的男性朋友；而她是我的未婚妻時，我卻還是她的男朋友；不過，一旦她答應成為我的老婆後，我就永遠都是她的老公了。我們經過了八年也變得很有默契，很多時候我什麼都不用說，只要擠個眼她就知道我要說什麼，我都說她是「牧羊雞」。（我屬羊她屬雞）她讓我覺得很有歸屬感。

她很會為我們的愛情製造記憶，尤其是她替我刻的印章。當時的她還在篆刻社學刻印章，就幫我刻了一個「韜于中」的章，還寫了一篇長長的文章蓋上她新出爐的印留給我作紀念，我很感動。

▍我幫V做的第一張讀書俱樂部會員卡，集滿十格後他很慎重地特地護貝起來。從當時我推薦他閱讀的書目來看，十足的文藝少女無誤。

草莓乾媽媽

寫給孩子們的情書——畜養書

親愛的玄姐田妹：

好快好快，你們如兩隻小畜（是的，只有非常心細眼尖的人才會發現，你們的名字合起來寫正好就是「家畜」的「畜」字）般陸續來到我們家報到，至今也已經四年多了，謝謝你們來當爸爸媽媽的小寶貝，親子緊密相處的路上，我們都還在努力共學著許多許多。

八年前，當媽媽決定辭去報社記者的工作，重新準備起留學考試到美國念書；當東岸冷冽的寒風吹起、當第一場雪悄然落下（還那麼剛巧趕上了紐約有史以來最大的一場暴風雪），媽媽兀自踏著艱難的步伐趕著搭地鐵去學校；當無數個睡意濃重的深夜，媽媽匆匆洗好澡（舊公寓管線不穩，戰鬥澡是冬夜裡明哲保

▍龍應台說，「孩子用背影默默告訴你：不必追。」為人父母，的確是不必追、也追不上的，不過，人生旅途中能這樣陪你們一段，永遠會是媽媽心中最美的回憶。

身的選擇），仍得繼續挑燈與隔日的作業和報告奮戰……，那些個當下，媽媽應該想都沒有想過，所有那些看來與未來至關必要的種種努力，在後來其實並不那麼必然。

像是，古早古早社會裡常常聽聞的一種論述：女孩子不用讀太多，以後總歸是在家帶小孩。媽媽偏偏正是這論述裡嘲弄挖苦的對象，自你們接連出生以後，媽媽從產假、育嬰假、留職停薪，一路請假至今天的無老闆也無需再請假（雖然實際工時反而吊詭地拉長了），只因貪戀於欣賞你們一日一日的成長如車行一路向前而不可逆的風景；為著這種耽溺，媽媽已經聽過太多親友關心的問候，諸如：「以後還回（得）去上班嗎？」直率一點的問法則是：「早知道只是在家帶小孩，以前也不用辛苦念那麼多書。」媽媽往往只能在心裡不服氣地反駁著，人生，哪有那麼多的早知道呢。

媽媽還是小學生的時候，有次不記得是誰生病，鄉下阿祖特別拎了兩隻自家放養的土雞上來，一隻公一隻母。隔天母雞居然就在籠裡下蛋了，當時媽媽趁著大人不注意，利索地偷偷摸走一顆蛋，無比珍重愛惜地把蛋藏在自己的黃色學生帽裡，上頭再嚴實地鋪了一層棉花，然後，滿心歡喜期待某日早晨，一隻黃澄澄毛茸茸的可愛小雞會自己啄破蛋殼鑽出來，朝我送上一聲清脆的啁啾。

小雞總也不來，只有奇異難聞的臭雞蛋味逐漸在整棟透天厝擴散開來，你們的阿公開始懷疑家裡必定哪裡死了老鼠循了臭味前來，最終在三樓媽媽的書櫃裡找到禍首。

還有一次，媽媽在家裡後院的葡萄藤下痴想，一時興起，摘了幾顆葡萄洗淨擦乾後，塞入一個小小的玻璃瓶中，幻想不多久就能坐收一瓶甘醇新釀；誰知酒香未聞，瓶裡先長出白白毛毛的噁心東西，嚇得媽媽趕緊憋著氣把瓶子丟掉（效法杜康，除了熱情與奇想，果然還需要有一定技術方可為之）。

親愛的玄姐田妹，說起這些比你們年紀還要老上好幾倍的舊日往事，只是因為媽媽常常忍不住想著，有一天，當你們也開始把家裡當成各種新奇實驗的場所，成天組成犯罪團夥同盟進行一些鬼靈精怪的兒童研究探險——那時候，媽媽如果能成為你們隨時待命、喊一聲就會出現的狗頭軍師；或是有任何一丁點研究成果想要即刻分享的忠實觀眾；或者根本就是那位假裝不經意間第一個發現你們小小淘氣行為的媽媽偵探——套句現在的流行語，那該是多麼微小而確知的幸福。

雖然你們現在還只是未滿五歲的黃毛丫頭，跟你們絮絮叨叨這麼多徒然顯得媽媽的傻氣（當然，痴心父母古來多，至今仍然），但媽媽還是要嘮叨一下那種難以言說的為母心情：自有你們以來，是看到好看的書，就會順手多買一本，想著以後剛好給你倆一人一本，做嫁妝；參加婚宴，看著新娘父親挽著新娘緩緩地進場、或是樂聲悠揚中舞台螢幕播放著的新人成長影片時，不論初識或深交，媽媽總是毫無例外地看著心頭一陣酸，那是因為想起你們的緣故。

媽媽大學時期修習的經濟學現在差不多毫不藏私都還給老師了，但是大一課本裡開宗明義講的「trade off」倒還清楚記得的——生命原來就是一場取捨的遊戲，我們不斷地在失去些什麼，同時也獲得些什麼——然而對於你們呢，從來就無關得失取捨，只是自然而然。

啊，讓四季繼續依時遞嬗，讓生命的河依然源源向前，讓你們長成而媽媽老去，單純愛你們的心願，拿什麼都不換。

邊走，邊吃

初初見你，我剛經歷一場人生最甚的劇痛與撕裂，被掏空一樣地癱軟在床上，是護士將你抱來，如一頭小獸怯怯地挨在我胸前，第一次的吮吸與真實親近的接觸——猶太人說，舌尖上有幸福，意思是自身的權利、幸福都要靠自己開口爭取而來，而我的所有關於做為一個母親的幸福，無庸置疑，亦由此開始。

然而歡喜之餘，彷彿還夾雜著一些隱隱難言的失落，也許是少了一條臍帶的牽繫纏繞，同時意味著我們自此一分為二，成為各自獨立的兩個個體，從今以後要自立自強，縱有再多牽腸掛肚，也不能為你寒凍為你疼痛……

忙碌的哺乳生活很快讓這種隱密幽微的感傷成為奢侈，無暇寂寞傷懷，尤其在這被眾多前輩媽媽戲謔地稱之為「乳牛」的時期，減肥更不敢想了，每日每夜如薛西佛斯般辛勤地進補自己再辛勤地榨乾自己，只盼所有的營養能全化在這涓滴之中餵飽你那小小卻宛如無底的嘴，每次例行健康檢查，看護士在你的嬰兒手冊上體重百分比欄位，寫上大大的「97％以上」，是媽媽最驕傲安慰的時刻。

進入副食品階段，將各項甜熟的水果細細磨成泥來餵你，還清清楚楚記得你剛滿半歲的那天，簡直像進行一場重要儀式一樣，滿心雀躍地磨了小半碗蘋果泥餵你的樣子；有時淘氣興起，切了清香卻酸極的檸檬片給你含著，你酸得眼睛眉毛全擠在一塊兒，連續打了好幾個冷顫，我們則在你的小餐椅旁，（很壞心地）笑得花枝亂顫；最最難忘的，是你剛學步，帶你去山上有機栽培的草莓園，你晃晃顛顛地走在小徑上，認真地採著兩旁幾乎與你齊高的艷紅果實，一顆一顆忙不迭地往自己嘴巴塞……

邊吃，邊走，邊走，邊吃……在汁液淋漓的酣暢、在各種酸甜苦辣的品嘗中，你就這樣悄無聲息地長大了，從母乳到水果泥，從精燉慢熬的寶寶粥到可以與大人同桌一樣的進食，多麼多麼喜歡與你一起，用食物、用味蕾來探索生命的所有點滴滋味。

接你從幼稚園放學回家的路上，聽你眉飛色舞地分享，「媽媽，我今天有吃到一種很好吃的丸子喔，裡面包肉，外面有很多飯粒。」啊，那是你的味覺字典裡還沒有「珍珠丸子」一詞的年歲哩。也曾在某次學校點心是「銀絲卷」的時候，你一面傻呼呼又一面（因為偷吃了違禁品）忍不住賊笑地告訴我，「今天我們學校的點心有饅頭夾薯條喔。」樂不可支的憨態，如今想起依然讓我愛笑。

旅途中，女兒信手塗鴉的畫紙我珍藏至今，那是我們的第一個日本溫泉旅館呢，剛好有週年慶促銷方案，我們家的訂房比價達人V眼明手快就選了房內自帶兩個露天風呂的超豪華房型！孩子們開心極了，回國後聊起旅途點滴，每每以「那個很貴很貴的飯店」稱之，很多年以後，也依然是我們心目中第一名的溫泉旅館！

於是我們的美食地圖越走越遠了，在台中娘家，推著娃娃車帶你在人潮洶湧中逛夜市；在埔里，陪姑婆在田埂阡陌間拔蘿蔔，嘿唷嘿唷，第一次真實感受兒歌裡描繪的簡單趣味；在嘉義阿祖家採樹葡萄，現採現吃，保證天然有機；在澎湖，大啖酸甜爽口的仙人掌冰、還有百聞不如一嚐的澎湖絲瓜；在峇里島villa的泳池畔眾人為你切蛋糕、合唱生日快樂歌……

然而，更常浮上心頭的，是好幾個靜靜在家，哪兒也不去的週末午後，我與你——已然長成一婷婷玉立賢淑小女生的你——我們一起圍上圍裙，動手包壽司，通常是小黃瓜、蛋、蒲燒鰻魚的家常組合，有時則是豪邁地將家中剩餘食材盡皆納之捲之。不管什麼食材何種包法，謝謝你總是捧場地說那是世界上最好吃的壽司。

幾年之間，我們陸續迎來你與弟弟、妹妹三隻小獸，繼續我們一家五口這樣，邊走，邊吃的五味人生。當然，也是從有你們以後，讓我對時光流逝的速度感到加倍的驚心動魄而又莫可奈何了。

記得是二零一六年年初，我們在日本九州自助旅行，遇到當地百年罕見的大雪，在溫泉飯店裡的露天風呂中，你們一個接一個、極其慢速地進入浴池，從一開始的嫌燙，到終於慢慢習慣水溫而怡然自得地玩起來，大概是旅館裡女將殷勤款待帶來的靈感，你們開心地用浴池邊的積雪、樹枝玩起扮家家酒，落葉與松針是天然的盤飾，白雪與風露當餐食，這一席懷石是我們永遠難忘的盛宴。

為什麼偏偏是在這樣幸福的時刻，好幾年前那種巨大的失落忽然又狠狠地撞擊過來。浮生悠悠，這樣一家人坦誠相見的機會，其實也並不太多。忍不住開口問，「你們長大以後，還會這樣跟爸爸媽媽來泡溫泉嗎？」

你偏著頭想了一想，告訴我說，「會呀，可是那時候就是五個大人了。」

以後的以後，你們會變成什麼樣子的大人呢？光陰的魔法總是讓人無從捉摸，難以想像的。滿池溫泉水氣氤氳之中，我的眼睛，彷彿也微微地熱起來了。

達爾文反應

女兒剛剛滿月的時候，我喜歡在她熟睡時把手指輕輕放到她的掌心，她會立刻用她小小的拳頭握緊我的手，啊，我是如此享受著這片刻柔軟的包覆與貼近。

弟弟小我整整十歲，記得童年時，我們三姊妹也是在無意間發現小嬰兒這種反射動作，自此時常愛與弟弟玩起這個有趣的遊戲。而今，光陰荏苒，親愛的女兒讓我有機會重溫過往美好的記憶。

網路上查知這種掌抓握反射動作（grasping reflex），又名「達爾文反射」，猜測是達爾文首先提出的吧，據說是靈長類動物特有的本能，讓初生的小獸可以緊緊抓住母親的毛髮而避免摔落，通常到三、四個月隨著幼獸慢慢成長後就慢慢消失了。

思及此，總讓我不免有些感傷，好像連結母嬰之間的肚臍一樣，曾經十個月讓我們緊緊相連，但終有一天，肚臍會被剪斷、慢慢脫落，再多不捨也只能放手……

於是我珍惜地保留著孩子們臍帶脫落後的小小肚臍，黑黑的如風乾日久的果蒂，深切知道，那是所有幸福、甜蜜與責任起點的證據。

追星之後

還記得一九九八年的獅子座流星雨盛況嗎？我們這座小小的島上，彷彿所有人都被將如暴雨般墜下的滿天流星想像給下蠱暈眩了，從陽明山到墾丁，到處湧進不眠的瘋狂追星族。

那一年，我正是最最嚮往浪漫的詩一般的高中女生，也想隨同學一樣，下課後書包背著，直接殺上合歡山，無懼塞車與氾濫的人潮，只為屏息，直擊眼前星如雨下的奇景。

無奈媽媽總是搬出「學生要以課業為重」的萬年緊箍咒，再次阻擋青春少女拋下雜務、上山觀星的俠氣想望，猶記一陣激烈爭吵後，當晚凌晨三點，我撐著不甘心不肯睡的眼睛，獨自一人倚在四樓家裡的陽台邊，痴痴遙望遠方天空。

不知是我誠心感動天，或是整晚熬夜沒睡真的眼花了，依稀看見天邊有一些快速滑落的星子，像無聲綻放的煙火，悄悄的只為我一人璀璨；此起彼落，每一次墜下的流光都帶給我無比的安慰，許多許多年以後還是會想起，那應該是我熱血文青時期中最接近魔幻寫實的一刻吧。

當時將我困在山下的惱人功課究竟為何，如今早已不復記憶，但我想，我應該會永遠記住那一晚塔塔加鞍部的美麗星空，如果我也在。

Never say never.但是事實是，你永遠不可能踏進同一條河兩次，就像，你永遠不可能遇見同樣的獅子座流星雨兩次。那天放學後假若我真的不顧一切往山裡出發了，或許又會發生什麼意料之外的事也不一定，也許收穫滿滿，也許敗興而返，也許……人生中的蝴蝶效應何其多，誰也不敢斷言初始翩翩飛舞的纖羽鱗片，最後會牽動如何巨大的驚滔駭浪。

我們不知道的事情畢竟太多太多了，我能做的，只是在自己也成為母親以後，用一顆謙卑的心，還有一雙勤勞誠懇的腳，帶領孩子腳踏實地的去追尋那片廣大的未知。

記得在哪本書上看過：

「相思樹斷裂倒下的聲音，像剁高麗菜菜葉時折斷葉脈的清脆聲響被放大一百倍。」……相思樹生長快速卻質地堅硬，除了用來製炭之外，也被做為採煤坑道中的支柱，據說當坑道快崩塌時，相思樹幹承受壓力斷裂前會發出「劈哩啪啦」的聲響，像是種警告，也像是吼叫。「像是相思樹在哭的聲音。」從林務局退休的姨父如此說。砍樹人則持相反的意見，他說：「是笑聲，而且笑很大聲！」

那些與孩子們一起爬山的年歲，我們看過五月時黃澄澄一片相思樹開花的景象，也從樹旁的告示牌上得知，古老的年代，相思樹確曾被大量栽植、並用做支撐礦坑的支柱，而今無意間再從書上讀到這段描述，心裡不知為何有種難言的觸動。悲情城市的悲情已然湮遠，相思樹哭泣示警的擬人描寫，今日讀來於是多了一些淒美的聯想。人與自然的關係本該如此可親啊。

也曾在五色鳥求偶的季節上山，滿山啁啾中，五色鳥時而單音節像敲木魚，時而連續發音咕嚕嚕嚕、咕嚕嚕嚕的叫聲特別鮮明（難怪這鳥有個有趣的別名叫「花和尚」），好不容易在最高的樹梢、枝葉濃蔭穿插間，孩子們循聲發現五色鳥靈動的身影，綠色的羽衣幾乎與青翠的山林共一色，風聞有你，終於見你的驚喜，久久難忘。據說五色鳥喜歡擇枯木鑿洞育雛，因其木質較為鬆軟之故——無用之用是為大用，想莊子看了應該也心有戚戚吧。

春天，五色鳥獨特的浪漫啼聲之後，螢火蟲接力點燃我們親近自然的光。年年歲歲，我們來到同一座小山，像一種心照不宣的默契，從暮色蒼蒼到華燈初上，一年中就這個時候夜晚的山比白晝熱鬧。往山林深處走去，已然漆黑一片的溪谷草地上，一點點微微的光點逐漸亮起，明滅閃爍間，啊，原來是蟲兒間彼此試探索愛的暗語。

蟲兒也守信，只要生長環境不受破壞、幼蟲孵化期間遊人留意不要踩踏路旁草叢，這場仲夏夜婚禮的序曲總是依約響起，而我們是那未請自來的賓客，每年都要來見證這場動人的盛宴。

螢光漸次消退，月娘天邊高掛。今人不見古時月，今月曾經照古人，儘管今天的月光已經跟昨天不一樣了。二十年前錯過的那場流星雨，二十年後，我在天地山林與蟲魚草木之間，一點一點的重新尋找，溫柔拼湊。

孩子還有很多半天班的年紀，我們得空便往山裡跑，帶年幼的孩子爬山常有許多突發狀況，一路上要應付半獸人討食、討抱、討秀秀……等各種需求，往往讓大人顧此失彼狼狽不堪。不過沿途的美景、攻頂後的身心舒暢、以及一家人一起打怪一起克服困難的感覺，讓這一切挑戰，彷彿瞬間都值得了。

我們的流浪與追尋

孩子學齡前，我們持續上著爬山課，跟著學養專精的老師上山，不分晴雨寒暑，與孩子們置身山林間的生態教室，從來不想只為獵奇般地看得多少物種，而是領略自然之美之趣，還有對這片土地的謙卑與敬重。願以此篇記錄一些我們曾經大手牽小手揮汗走過的足跡。

五色鳥是花和尚，鳥界的魯智深
穿了一襲綠色袈裟
在林間咕嚕嚕嚕、咕嚕嚕嚕，四處敲木魚
大彈塗魚是花跳[1]，縱身一跳

小知識

[1] 此處花和尚與花跳，分別為五色鳥與大彈塗魚的別稱。

華麗上樹，自此
緣木求魚不再不可能

廣翅蠟蟬[2]是一朵會行走的花，用美麗保護自己
懸鉤子[3]有虎婆刺，用倒刺保護美麗

小綠葉蟬[4]是浮塵子，與茶農大戰數百回合，終於
化干戈為玉帛
著涎，醞釀出醉人的蜜香

相思木是最浪漫多情的樹種，在古老年代
堅強撐起採礦坑道裡的暗黑天空
然後，用嗚咽聲溫柔提醒將至的
崩塌傾軋[5]

未知的世界太遼闊
所以，努力多識蟲魚鳥獸草木之名
努力追尋於天地山林之間
追風
追雨
追雲
追星

每一次的啟程
遂成為我與你偏執的追尋，明知不可而為之的
反覆，流浪

小知識

2 廣翅蠟蟬的幼蟲身上有蠟絲，狀如花瓣，用以偽裝保護壯大自己。

3 懸鉤子屬薔薇科，又稱樹莓，果實顏色鮮艷美麗，莖常有刺。

4 小綠葉蟬又名小綠浮塵子，原被視為害蟲而為茶農所不喜。後發現經小葉綠蟬吸食（此過程又稱著涎）過的茶葉嫩芽，採摘製茶後散發出濃濃蜜香，（即今日享譽國際的東方美人茶）害蟲也一夕翻身為益蟲。

5 相思樹生長快速而質地堅硬，往昔常被做為採煤坑道中的支柱，據說當坑道將崩塌之際，相思樹幹承受壓力斷裂前會發出「劈哩啪啦」的聲音，有預先示警之效。

顧店

顧店，是還沒上學前，最初最早的家庭作業。

爸爸的店是一間傳統的電器行，三層樓的透天厝店面，樓上即住家。自有記憶起，跟著年紀稍長的姐姐，我們三個小毛頭總在爸媽外出工作的時候，銜命一起到一樓，顧店。

二十幾年前的台中，民風堪稱純樸，所謂的「兒童人權」想來也尚未普及，所以爸媽都相當放心地把店交給我們三個小蘿蔔頭看守，出門前大人只消站在樓梯口，用台語往樓上吆喝一聲「來顧店」，我們三個就立刻風風火火地下樓來了。

爸媽不在家，我們得負責幫忙接聽電話、招呼客人，記得大約是小學中低年級時，有次一位姓胡的客人來，我如常拿出本子要記下客人的連絡方式，客人自承叫「古月胡」，我真的老老實實地落筆寫下「古——月——胡」三字，只見他一逕地複述解釋、我則一逕地強調確已登記無誤，如此雞同鴨講好幾回合，他終於頹然作罷，說自己是「胡瓜的胡」。

也是在這樣日日應對進退中，讓我真正體會什麼叫「嫌貨才是買貨人」，有時客人把一台冰箱從外觀、顏色、功能、規格……批評得一文不值後，忽然峰迴路轉，雲淡風輕地丟下一句，「老闆，那請你兩點送貨到我家。」一彈指間，強弩灰飛煙滅，而我只疑惑，什麼時候，人心竟已變得如此晦澀難懂了嗎？讓我們習慣把真實的本意曲折地隱藏起來，輕易不讓人看穿。

再大一點的時候，我們則從顧店小妹，自動升級為送貨小妹，服務內容涵蓋冷氣、冰箱、洗衣機等，個個都是粗重吃力的體力活。

夏天是店裡的超級忙季。明知年年都熱，大家卻總是集體失憶似地，等到六、七月大暑當頭，才猛然想起冷氣於居家生活之必要性。或者重新添購，或者舊機維修保養，都是由身型瘦小的爸爸咬牙背著，一步步扛上顧客家裡。儘管有我們在後頭使勁地幫忙撐，爸爸身上的衣服未曾乾過。每年夏天，那股酸臭的汗味在襖熱的空氣中漸次蒸騰，成為我整個青春時期最難忘的感官印象。

不用幫忙送貨的時候，我們就在店裡一邊顧店聊天，一邊讀書做功課。等到爸爸忙完回家，我們才上樓輪流沐浴盥洗，為一整天畫上充實的句點。

高三課業最重那年，顧店的作業依然持續進行著。不同的是，爸爸每天結束繁重的工作，終於關了店、洗完澡後，並不立刻歇息就寢，而是到我書房裡，戴起老花眼鏡，靜靜坐在一旁沙發椅上看報，雖然不曾明說，但我知道，爸爸其實是為了陪我。報紙不消多久就翻完，爸爸總會順手拿起我的國文課本，津津有味地讀著。

我邊K書，邊看爸爸有若太虛神遊造訪志摩的康橋；或者與柳侯西山宴遊、與東坡共賞江上清風山間明月；偶爾爸爸會抬頭問我，為什麼范仲淹要說，不以物喜，不以己悲……課本裡傳誦千古的絕妙好文，如今已成為我記憶裡星星散散的小碎片，難得完整拼湊，然而那些夜裡與爸爸燈下共讀的畫面，一幕幕卻都鮮明得好像昨天一樣。

大學畢業後，我到紐約繼續攻讀研究所，行前爸爸早已幫我備妥大同電鍋和熱水瓶，一如他們那個年代遠渡重洋的留學生，有了一只電鍋，即便天涯海角也不怕捱餓。尤其在物價驚人的紐約，電鍋可以幫我解決煮飯、燉菜、煲湯等基本民生問題，有時趁著煮飯的空檔，我就開著電腦用ＭＳＮ（那是個行動通訊還不發達的時代）跟爸爸聊聊天。

大家都說我幾近複製地承襲了爸爸寡言的個性，也許是因為不善言詞，反而讓我們更習慣在冷調的鍵盤前，敲出溫熱的情感。有次爸爸在ＭＳＮ上忽然丟來一句，「以前沒特別注意，現在看新聞，幾乎每天都有紐約的消息——」不知怎的，隔著千里迢遙，我一個人在電腦螢幕前看得幾乎要掉下淚來。

隨著求學、工作，我們三姊妹陸續離家，從外地客而漸漸在台北落腳定居；然後是大賣場與網路購物風潮鋪天蓋地襲來，傳統電器行成為街市裡聊備一格的展示間，爸爸的店日益沉寂了。

大半的時間，爸爸自己一個人守著店面，不再需要顧店人手了。

從前送貨用的起重機和推車，現在靜靜地棲身在店裡一角，如解甲歸田的老兵細數往日榮光。偶爾帶孩子們返鄉回家探望時，才重出江湖，變成女兒與阿公遊戲的道具，還沒上小學的女兒最愛站在推車上，由阿公推著轉圈圈，女兒一圈一圈咯咯地笑著，髮絲飛揚，笑聲在小小的店裡迴盪，久久不散。

愛，打包

大學時期，每次假期結束要離家北上時，老爸老媽總是準備一大堆水果、食物叫我一起帶回去，爹娘的盛情難卻，我只好扛著大包小包行李，在擁擠的火車車廂中奮勇前進。當時不免在心裡嘀咕：「明明這些東西台北都買得到，幹嘛還要我帶！不如給錢比較實在。」

大學畢業後，我到美國繼續念研究所，畢業時，爸媽特地飛來紐約參加我的畢業典禮，除了順道觀光遊覽，兩老回台灣前更自願當起我的「挑夫」，把我來美國兩年的各式家當幾乎全數清空裝箱帶回，勤儉的老媽連我的鍋碗瓢盆也不放棄，用涼被浴巾仔細包好，一樣上了飛機回台灣。兩人的行李之多，讓機場客運司機也忍不住驚奇地問：「你們是逃難出來的嗎？」

因為我還要在紐約待一陣子，沒有隨爸媽一起回台灣，到機場送他們的時候，看到兩老已然不復年輕的身影，還要為我忍受舟車勞頓長程飛行之苦，吃力地進行這場「跨國搬家記」，心裡立刻想起朱自清經典文章裡的父親背影，那時我才真切體會，原來許多愛，就是這樣溫柔地被打包起來了，並且會永遠留存在記憶之中，不會褪色。

就像赴美第一年的暑假，我趁著機票便宜，飛到歐洲探望在德國當交換學生的妹妹，行前也是這樣殷殷詢問妹妹有沒有需要什麼東西，就怕她在異邦，物資缺乏，儘管當時我自己也是人在異鄉，物資同樣不豐，尤其紐約的物價恐怕不比德國便宜到哪去。

而我的高中摯友小麥當時要從台灣飛來找我玩，也跟我做了一模一樣的事，小小的行李箱有大半塞滿了要帶給我的綠豆凸、蛋黃酥、鳳梨酥，以及各色在台灣或許尋常、在美國卻貴得驚人的雜貨物件。據小麥事後轉述，出發前她媽媽看了一眼行李箱後，只小聲問了一句：「怎麼好像都是帶給同學的東西喔？」

上週末，因為老公出差，我獨自帶著半歲大的女兒搭高鐵回嘉義爺爺奶奶家小住，儘管已縮減了幾天下來數十片尿片的空間，回台北時我的行李還是較去程時莫名膨脹了兩三倍，包括叔叔特地買的超好吃筒仔米糕、一大袋自產自用台北有錢買不到的有機樹葡萄、一整罐姑姑們自己醃的脆梅，還有一大包用貨真價實的仙草熬煮多時而成的純濃仙草凍，全都是都市裡難尋的美味珍寶。

眼見我的行李早已爆滿了，姑姑們依然不停地往裡面塞東西，嘴上兀自念著：「人到，東西就到」。我知道他們是希望我在台北，也能嘗到故鄉的味道。自己何其有幸，能同時領受這麼多人給予的關懷，打開瀕臨爆滿的行李，我霎時被滿溢的愛溫柔地包圍了。

台北大富翁

「這陣先忍耐一下，等儉有錢，咱來台北買一間家己的厝。」略顯窄小的木板雙人床上，我和媽媽並肩而眠，那是我剛考上大學，第一次離家負笈北上求學的第一個夜晚，媽媽自台中陪我搬入租處、準備參加隔日的新生入學式。陌生的城市、陌生的房間、陌生的床褥……種種的不熟悉，讓我們歷經從早到晚的舟車勞頓後，直至夜深仍難以成眠。終於，媽媽輕輕轉過身、彷彿下定決心似地準備入睡前，忽然拋出這句話，不知是講給我、抑或是講給她自己聽的。

大學聯考完我隨即出國遊學了一個多月，撫慰大考奮戰後的心靈，其他入學相關事宜都是爸媽張羅。因為沒抽到僧多粥少的宿舍，爸媽拜託台北的大伯幫我找房，總算趕在開學前落腳這個羅斯福路五段的租屋處，那是一間約三、四坪大的雅房，與爸媽一位朋友的小孩（恰好與我考上同間大學、同樣沒抽中宿舍）合住，說是可互相照應。同住一屋簷下的還有房東及另一名室友。

雅房裡擺了雙人床、塑膠帆布衣櫃、兩張靠牆並排而立的小書桌後，原已有限的空間更加所剩無幾，對於住慣台中寬廣透天厝的我，一下要適應像被小叮噹縮小燈照過般的如此侷促斗室，委實感到有些窒礙鬱悶，於是開學不久很快便鬧了一個何不食肉糜的笑話——我用一種天真到近乎白目的語氣，問系上某位身為台北人的同學說：「為什麼你們台北人都很愛住公寓？」

那是全球熱烈瘋狂迎接千禧年的一年，一九九九年入學、二〇〇三年畢業的我們，後來也被戲稱是史上最倒楣的一屆大學生——入學不久碰上撼動全台的九二一大地震，所有迎新活動被迫停辦；畢業時遇到SARS，畢業典禮也隨之取消，我們這一屆於是只好悄悄地來，悄悄地走了，完全不帶走一片雲彩……（之後二〇〇八年爆發的金融海嘯、以及疫情持續蔓延時期的的畢業生們，或許也一樣苦情……），只是弔詭的是，儘管少子化現象日益嚴重，政府也努力打房了這麼多年，台北市的房價仍舊以一種不可逆的態勢昂然向上，睥睨沖天，遠遠超越絕大多數人存錢買房的速度。

身為台南鄉下一個小豬肉攤的女兒，媽媽是傳統重男輕女觀念下的犧牲品，成績優異卻被迫須放棄學業，早早外出工作分攤家計。結婚後和爸爸胼手胝足，打拼多年後終於在台中市買了自己的一棟透天厝，可算是台灣經濟奇蹟的見證者。也許是這樣帶著遺憾的成長背景，媽媽從小跟我們說，能讀就盡量讀，讀書的錢不要省……隨著我們四姊弟長大，爸媽加倍努力攢錢，想再買下另一間坪數更大、樓層更高的透天厝，只是漲勢驚人的房價轉眼間長成了一隻沉甸甸的巨獸，壓駝了爸媽的背。

彼時我們幾個小蘿蔔頭還是讀小學的年紀，童年印象中的媽媽總是嚴肅而少有微笑，在電信局上班之餘還常要支援爸爸電器行的送貨與帳務工作；我們也因置身其中從而知曉經營一個家的不易，放學回家就要幫忙顧店（時常人手不足時也要跟著出門送貨）、功課就在店裡的櫃台上克難地完成，後來我們姊妹陸續考上第一志願的學校時，左鄰右舍無不稱奇讚許，媽媽總笑稱是我們家風水好。

很多很多年後，有時看到一些小小年紀就相當能幹地幫忙家裡生意、老成熟練地招呼客人的孩子們（如今稱之為父母有違法嫌疑的「童工」），心底總會格外有一種溫熱而憐惜的感覺，忍不住多看這些孩子幾眼，像看到了當年的自己。

然而當時畢竟還小，難免偶爾貪玩偷懶（通常是一些邊顧店邊偷看電視、偷拿抽屜裡的零錢去附近柑仔店買泡麵、或是姊弟一起「聚賭」玩當時相當風行的「大富翁」桌遊……等等之類的微罪），被抓包後總少不了媽媽嚴厲的斥喝，「你們幾個，沒看到大人工作艱苦，閣按呢規工『天天』！」——可能因為順口，媽媽罵小孩多半是用台語。大人肩上沉重的經濟壓力，對照之下孩子們的「天天」顯得更加罪大惡極，小小年紀的我很快知曉這個閩南語發音的「天天」，意思大約是形容一個人成天吃喝玩樂、放縱享受、不知生活困難、沒有責任感，亦可作為對「無憂無慮」這種生活態度的直接指謫，雖然我至今找不到一個完美的國語詞彙可以精準地翻譯它。

媽媽尖銳的訓斥，一字一句彷彿都在反覆提醒我：爸爸日益稀疏的白髮、爸爸瘦小身軀扛著沉重冷氣上客戶家樓梯那濕了又乾乾了又濕的背、四個孩子開銷的食指浩繁、還有每個月高達十餘萬的房貸……自那時起，我的喜樂總與憂思相伴相生，熱鬧歡樂中也有著不自覺的節制壓抑，彷彿是過度的狂喜便會遭到天譴與詛咒般的夢魘。歡樂有時，憂傷有時，但憂傷又似乎應該比歡樂多一些，世道艱難，人生不能這樣天天「天天」。

而後，來到台北念大學，這個高樓林立的台北、林強曾經嘶聲高喊「不是我的家」的台北、一家人擠在小小公寓如蝸居的台北、每到冬季有下不完綿綿陰雨的，台北。那年我還是青澀小大一，自己坐公車初次遇見的大安森林公園，草木正疏離而孱弱地逐漸長著。（而今草木夾道，綠蔭盎然……啊，難怪要說，樹猶如此，人何以堪。）

杜鵑花城四年、大學畢業在報社工作兩年多後，我又再度何不食肉糜地出國念了一個就業並不容易的文科碩士學位。（媽媽說女孩子也一樣，能讀多高就讀多高，算命師說你這個二女兒將來可以一直讀書讀到26歲的……。）只是畢業後，隨著結婚、生子與育兒的諸多考量，我終究沒有再回到職場，轉而柴米油鹽醬醋茶，俯首甘為孺子牛。那些年在台北求學、工作的拚搏奮鬥似乎轉眼成空，書中或曾想望的黃金屋如今算是一點一滴地崩塌了，每當有人說起「教育是最好的投資」，我總是感到無比的心虛困窘，尷尬中夾雜著更多悵惘，雖然投資總有風險、投資前應詳閱公開說明書（教育費支出也需有設有燒錢停損點，同時考慮投資報酬率），而我竟偏偏是投資失敗的那一個，對父母有著說不出的愧疚。

媽媽當初在台北置產的豪情壯志，等到我們三姊妹後來陸續在北部讀書工作、乃至結婚生子後，總算實現。最晚買房的妹妹，歷經幾番渾沌不明的房產情勢（漲跌互現然而終究漲多跌少），終於咬牙貸款買了房子，「怕現在不買，以後只會越來越貴……真是的，以前念大學時怎麼只顧著玩，都沒想到要去看房子呢？」妹妹算著房貸追悔不已。誰能想到呢？只怪我們當時都太年輕了。「安得廣廈千萬間，大庇天下寒士俱歡顏」千百年前詩人的喟嘆，如今依舊迴盪在街道巷弄裡，低聲叩問。

如今，我們像回到童年玩的大富翁，帶點賭徒性格般地，將所有青春身家都壓在這個叫「家」的昂貴物件上了，在這既親又疏的城裡，在這小小的方格盤中，千辛萬苦地放上屬於我們自己的塑料小房屋模型。

幸好，幸好縱使歡笑有時，憂傷有時，此心安處是吾家。

我們自己的家。

與書為友，天長地久

自小嗜書，各種類型的書一概來者不拒，學生時期也理所當然地幾乎年年擔任班上的學藝股長，就連大學聯考當前，我還是在高三那年奮力讀完了一百本課外書。父母當然有意見，於是我有時教科書假裝翻開，底下其實津津有味地讀著自己心愛的小說，待聽到爸媽上樓突襲檢查的腳步聲，立刻抽換，粉飾太平。回想起來，那時的閱讀，簡直還帶點偷情的趣味。

上了大學，誤打誤撞進入法商學院，我仍深情地不能忘記對文學的熱愛，成天往紅磚綠蔭的百年文學院跑。中國文學史、文學概論、紅樓夢、杜甫詩、莎士比亞等，都在那幾年陸續修完，同學因而戲稱我念的是「經濟系中文組」。

後來，在校園裡遇見了當時的男友、現在的老公，可能是長年擔任學藝股長帶來的「職業病」，我為他精心製作了一張名片大小的「愛書人會員卡」，上面還有對聯：「與書為友，天長地久。」中間則畫了十個長方格子，請他每讀完一本就自己登記書名於空格中，填完可來換發。

單純美好的校園愛情長跑八年後，我們攜手步上紅毯。柴米油鹽的家庭生活之外，書本始終是我們不可或缺的民生必需品。有時，靜靜的深夜，我們一起在床上各自夜讀，偶爾交換幾句剛剛讀到、忍不住想馬上跟對方分享的精采段落……張愛玲結婚證書上那段「願使歲月靜好，現世安穩」，說的大概就是這樣的時光吧。

有次，讀張戎的《慈禧》（她的另一本書《鴻——三代中國女人的故事》，曾讓我在十七歲那年廢寢忘食，一口氣讀到了凌晨五點，看完方肯罷休），看到許多慈禧不為人所知的生平點滴，其中不乏媲美八卦版的史實紀錄，實在太刺激了，轉頭問旁邊的老公：「嘿，你知道慈禧也有小狼狗嗎？」

誰知他竟然不做多想地回我：「知道啊，是安德海。」聞言大驚，敢情是我太孤陋寡聞，竟然今日才識得這小安子嗎？細問之下，才知老公先前讀完的另一本書裡剛好有提到這段緋聞。書海茫茫中的巧遇，實在讓人驚喜不已。

還有一次他正讀著東野圭吾的《解憂雜貨店》，我則隨意翻讀雜誌，忽然對他拋出一問：「你這本的譯者是不是王蘊潔？」他把手中的書翻過來，一看，果然是這位譯者，這下換他吃驚了。其實，我的雜誌剛好就介紹到這位譯者，說她是東野圭吾作品在台灣的「最佳代言人」，果然讓我一猜就中，心中兀自佩服，想必一定是位很認真的譯者。

與書本的緣分也往下延伸，家裡三個孩子都愛看書，從繪本到現在的橋梁書，我無比欣喜地看著孩子們的成長。那天，讀小四的孩子帶回一本《吸墨鬼》，據說是學校最近很熱門的一本翻譯兒少小說，我也好奇拜讀，書中主要描述吸血鬼的後代吸墨鬼以書為生，只要用一根吸管就可以吸取書中所有文字，吸完書中墨水不但臉色健康紅潤，而且輕鬆神遊書中所有劇情場景……啊，這種超能力，對奔四後、已然開始有老花等初老現象的我來說，實在是太令人心嚮往之了。

然而，即使沒有這根魔法的神奇吸管，親愛的孩子們，我們打勾勾約定好了，我們一起與書為友，天長地久。

謝謝你，親愛的國語日報

忘了是幾歲開始接觸國語日報的，總之那是谷歌大神還遠未降臨人間的時代。市井小民如何能夠「秀才不出門，能知天下事」？每日準時送抵家門的報紙絕對居功厥偉；即使現在網路早已普及，各項即時新聞以一種鋪天蓋地之勢席捲而來，我還是喜歡每天安安靜靜地，早起讀報的感覺。

小六那年，作文老師將我的一篇短文〈寒假二三事〉拿去投稿，很幸運獲得刊登，內容寫寒假時爸爸帶全家一起去合歡山、太平山的遊記，見報的喜悅記憶猶新，那份已然泛黃的報紙、甚至連同手寫寄到學校的通知信封，也都被我珍藏至今，歷經數次搬家遷徙而仍完好。

二十年後，重讀自己當年乍見雲海的摹寫，「……白雲層層疊疊，絲毫不讓藍天有舒展的空間，於是，藍天下面是翻騰的白雲，白雲上面是淡淡的藍天……」還記得作文老師在班上當眾朗讀我這段文字，眼底滿是嘉許的神情。而當時全家出遊的歡樂情景，也隨著文字躍然紙上，清晰如在目前。

難怪朱天文說，「用寫，頂住遺忘」。自此我開始深情不悔地往文藝少女之路邁進。國一的暑假，興沖沖地辦了一份「小布丁兒童報」，每天發行一張，A4大小，免費贈閱，內容包含名人語錄、連載漫畫、笑話、小畫家、新詩賞析等，

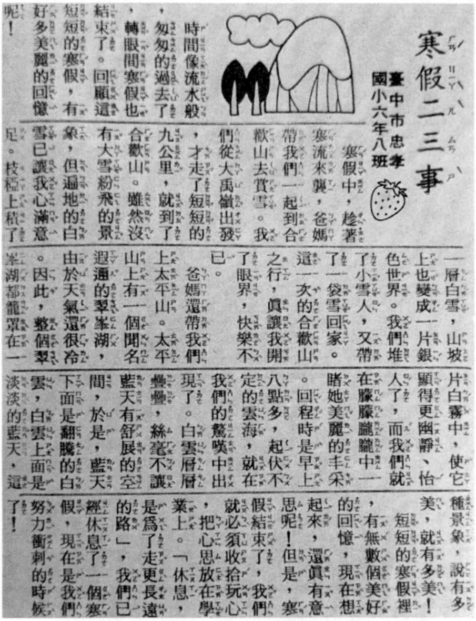

寒假二三事

臺中市忠孝國小六年八班

時間像流水般，匆匆的過去了，轉眼間寒假也結束了。回顧這短短的寒假，有好多美麗的回憶呢！

寒假中，趁著寒流來襲，爸媽帶我們一起到合歡山去賞雪。我們從大禹嶺出發，才走了短短的九公里，就到了合歡山。雖然沒有大雪紛飛的景象，但遍地的白雪已讓我心滿意足。枝椏上積了一層白雪，山坡上也變成一片銀色世界。我們堆了小雪人，又帶了一袋雪回家。這一次的合歡山之行，真讓我開了眼界，快樂不已。

爸媽還帶我們上太平山。太平山上有一個聞名遐邇的翠峯湖，由於天氣還很冷。因此，整個翠峯湖都籠罩在一片白霧中，使它顯得更幽靜、怡人了，而我們就在朦朦朧朧中一睹她美麗的丰采。回程時是早上八點多，起伏不定的雲海，就在我們的驚嘆中出現了。白雲層層疊疊，絲毫不讓藍天有舒展的空間，於是，藍天下面是翻騰的白雲，白雲上面是淡淡的藍天，這種景象，說有多美，就有多美！

短短的寒假裡，有無數個美好的回憶，現在想起來，還真有意思呢！但是，寒假結束了，我們就必須收拾玩心，把心思放在學業上。「休息是為了走更長遠的路」，我們已經休息了一個寒假，現在是我們努力衝刺的時候了！

特別把當年這張古董級的剪報翻出來跟小孩親子共讀，結尾那段喊口號般勉勵大家要「收拾玩心，努力向學」的部分，讓我們幾乎要笑歪了（媽媽心中os：誰沒有過去），笑完趁機跟他們解釋了什麼叫「很八股文」的寫法，大概跟更古早以前我們上一輩的「反攻大陸，解救同胞」差不多。

差不多把當時我所知道的兒童報紙元素都濃縮進來了，由於電腦還不普及，整份報紙全部純手工編寫，我是「校長兼撞鐘」，大小編務一手包。

「小布丁兒童報」唯一的讀者就是小我三歲的妹妹。為了吸引她持續「忠實訂閱」，我還常自掏腰包附贈貼紙、舉辦抽獎或集點活動，甚至千方百計鼓勵她投稿換取禮物呢。（啊，難怪俗話說，「若要害一個人就叫他去辦報紙」！）

到美國念研究所時，因著地利相對之便，與V到南美洲的秘魯自助旅行了一趟，旅途所見所聞帶來巨大的文化衝擊，讓我回來後忍不住在部落格上動筆寫下〈Cusco女孩的笑容〉一文，寫在秘魯看到許多身穿鮮豔傳統服飾的小女孩，遊走各主要景點招攬觀光客合影以賺取生活費的情景。「……在觀光客的鏡頭前，她們略帶羞怯的擺弄姿態，出賣一股不屬於這個年紀的風情，青春童稚的臉龐，依稀可見一抹已然體悟背負家庭生計不易的老成……」

朋友看了，自告奮勇幫我投稿到他在國語日報任職的朋友，主編非常客氣，與我信件往返好幾回，「中南美洲是我們平常比較接觸不到的地方，所以看到你的稿子我也覺得很高興，如果有其他相關的文章，也歡迎你再次投寄過來呵！」這幾封電子郵件至今靜靜地留在我的收件匣裡，見證了一段因文字而起的珍貴緣會。

國中時期自己校長兼撞鐘、十足虧本經營的「**小布丁兒童報**」，雖然讀者始終只有一位（當時念國小的妹妹），依然堅苦卓絕的出刊了好一陣子才宣告關門大吉，展現我對媒體出版業最初的摯愛與浪漫想像。

諸如種種，畢業後我選擇到報社工作彷彿也是一件自然而然的事，孩子們潛移默化養成閱報的習慣，幾次文章見報，學校大張旗鼓地讓孩子上台接受表揚，衷心感謝她們從小可以領略文字帶來的美好。

兩年前恰好看到國語日報招募校園小記者，向來口條伶俐的小女兒很幸運在眾多參與者中脫穎而出，那天陪她一起參加小記者的第一個採訪任務，在一個共融式公園裡，看她落落大方地拿著麥克風向受訪者提問，心中實在感動又驕傲！更難得的是，小記者採訪稿見報的當天，我剛好有一篇短文也刊在國語日報的家庭版，另類的母女同框，多麼美麗的巧合！

謝謝你，親愛的國語日報！

友多聞

在美國讀書的兩年間，我的紐約小小蝸居，因緣際會接待過好幾位朋友，最高紀錄是一個月內，三位好友相繼來訪，儼然成為親友間的「紐約招待所」，其中一位就是昔日報社的同事多聞。

和多聞雖同為報社採訪中心財經組的一員，但平常各自忙著在外奔波跑新聞，其實甚少交集。頂多哪次剛好在採訪餐會上巧遇，或者偶爾聽見同事閒談（你絕對不會懷疑，記者是這世上最愛聊八卦的一個族群），說向來不在意外界眼光的多聞小姐，某天又穿著類似韻律服的超動感緊身衣、手提筆電走進辦公室發稿，煙視媚行、泰然自若，驚得後面編輯記者大哥大叔，茶杯、眼鏡框啷框啷碎了一地，全看傻了。

人與人的緣分就是這麼奇妙。個性、舉止乍看與我八竿子打不著邊的多聞，當時因為申請學校，而從波士頓到紐約來跟我住了一個禮拜。短短七天內同在一個屋簷下的朝夕生活，居然讓我比過去一年多同在報社工作的時候，更深入而真實地了解這個奇女子。

聽多聞一邊整理著申請學校的文件，一邊說起她媽媽為了訓練她獨立，從中學開始，每月固定發給六千元的生活費，這筆錢就包括了她食衣住行育樂所有的開銷支出，甚至連補習費也須從中自理。

也因此，高中念北一女的她，當所有同學都在熱烈計畫放學後要留下來為班際比賽活動練習彩排時，只有她四點半一下課，立刻收好書包細軟，火速趕往同在重慶南路上的民歌餐廳，換下方才光鮮的綠制服，俐落地端起盤子賺小費，「端盤子很好了，有時候內場人手不夠，還要去廚房幫忙削馬鈴薯皮！」這就是她，伶牙俐嘴，血液中有標準川妹子直來直往的豪爽脾氣，再怎樣苦兒般的境遇，從她口中說出來，總是平添幾分諧星的喜感。

這樣拚命三郎的個性，也終於讓她在高中畢業前夕就攢夠了錢，如願實現去美國遊學三個月的夢想。

高中時我也有去美國遊學的經驗，不過完全是爸媽的愛心贊助。比較起來，我是在父母努力搭建起的溫室中，按部就班慢慢成長的孩子。她則是荒原裡的一朵玫瑰，努力讓自己在各種挑戰裡綻放得更美麗，於是那美麗中也多了一點強悍。

上了大學，她體悟到打工賺錢大不易，開始另闢戰場，靠著申請各式獎學金、以及參加各項文學獎來賺學費。經驗老到的她還跟我這樣分析，「申請獎學金就跟申請學校一樣，要有策略的！」為了申請獎學金，即使課後還要兼職打工的她，學業成績仍維持得相當出色，課外表現亦同樣亮眼，難怪當時教過她的台北市副市長金溥聰還曾對她說，「多聞，你是我教過最優秀的學生之一！」

大家都說當作家會餓死，不過勤於筆耕、又廣泛蒐集各種徵稿資訊的多聞，據說曾在某一學期，光是稿費加獎學金就有將近20萬元的收入。對於一位在校學生而言，斬獲堪稱豐碩。

為了金錢而寫作，能夠這般坦率承認的作者，倒也真不多見呢。張愛玲是其中一個，她從不掩飾自己「似乎從小就喜歡錢，一學會了『拜金主義』這名詞，我就堅持我是拜金主義者……」談起張愛玲，我們又順勢聊到她的許多作品，多聞說她也喜歡張愛玲，獨獨不愛看那本《半生緣》，「因為張愛玲所有的小說，人物的命運都是決定於他自己的性格，一翻兩瞪眼，誰也怨不了誰；只有《半生緣》，卻是有太多巧合太多意外，終於成就了這個悲劇——」

一聽，我簡直有種驚詫而駭然的感覺。因為喜歡張愛玲，從前我也曾稍稍涉獵過一些評論張愛玲作品的論述，怎麼從來沒有看到這樣犀利精準的剖析。多聞只是漫不經心的隨口一句，卻讓我忽然發現，原來自己識人實在太淺、太少。當初浮光掠影的交遊，豈知差點錯過多少精采的萬般風景呢。

那一個星期，當時同樣在賓州費城讀書的男友Ｖ，每天聽我在電話中即時轉播多聞小姐的諸多趣事，也常常被逗得狂笑起來。後來有次我和Ｖ一起去北京玩，看到雍和宮內藏傳佛教的四大天王分支中，居然有一位就叫做「多聞天王」，他立刻喀嚓喀擦拍了好幾張天王本尊的照片，說要請我寄給多聞小姐瞧瞧。

回國後，才在ＭＳＮ上告知多聞此事，她馬上連珠砲似地回我，「那個金門就有了啦，我以前去金門採訪時剛好看到，還被旁邊金門地方法院的法官一直虧……不過你還是要跟他說我很感動喔，感動得都哭了。」

哈哈，不愧是多聞，總是讓我們分不清是開玩笑還是認真的語法。友直，友諒，友多聞。我也要謝謝多聞，讓我從她身上，看見這麼一個好有趣的真實故事，人生的無限可能。

不失望北極熊

回想二十多年前讀高中時，每天上學時間校門口總聚集了一堆餐車，許多來不及在家吃早餐的同學買了就能帶進班上吃，非常方便，每攤餐車生意都很好。飯糰、三明治、饅頭夾蛋……熱騰騰地裝進塑膠袋（那年代還不流行塑化劑的問題），再挑杯豆漿或奶茶，一起裝進塑膠提袋裡，利用早自習時間吃完後，把這些袋子、紙杯統統丟進教室垃圾桶內，輕輕鬆鬆，一乾二淨。然而，這個短短幾分鐘的便利，卻製造大量千萬年難以分解的垃圾。

我看著實在相當心痛，於是和同學自告奮勇，去跟攤車老闆們溝通，鼓勵他們不主動提供塑膠提袋，也柔性提醒購買早餐的同學，請他們用手拿早餐進學校就好，儘量減少塑膠袋的使用；更主動向學務主任提案，讓我們在朝會時間向全校兩千多名師生進行減塑宣導……現在回想起來，猶然是一頁熱血青春。

當年的熱血少女，轉眼已是三個孩子的媽，全球暖化的議題更成為刻不容緩的危機進行式。疫情之前，有時我會「大媽魂」上身，笑笑地勸說鄰桌客人：「其實（飲料）不用吸管也很好喝喔！」更多時候，只能努力從日常生活中教導孩子，以身作則落實節能減碳愛地球的行動。

三個孩子都很早進行如廁訓練，一歲多時便只在晚上睡覺才包尿片，白天都穿學習褲。記得某天一歲多的弟弟起床時，睡眼惺忪之際便急奔廁所，脫掉乾淨的尿片小便後，他一邊「解放」，一邊得意地對我說：「媽媽，地球開心了！」小小年紀的孩子，為自己省下一片紙尿片而自豪不已。

其實，自從加入臉書「不塑之客」社團後，我發現有愈來愈多媽媽決定反璞歸真，使用古早時代的傳統布尿布，不但大幅減少垃圾，據說更透氣、更舒適，一舉多得，忍不住為這些努力愛地球的媽媽們大力按讚！

前陣子，孩子就讀的小學舉行「教室裝冷氣與否」的意願調查，很欣慰地看到，他們在問卷上不約而同地勾了「不裝冷氣，使用其他較節能的降溫方式」選項；連最小的弟弟睡覺時也會說不要開冷氣（雖然鼻頭上已微微滲著汗珠……），一臉認真地跟我解釋，因為「我喜歡北極熊，我不想失望北極態」——當時還是學齡前年紀的他，把「失望」這個詞當成動詞來用，彷彿詩一樣的兒童句型，媽媽聽著好感動。

瑞典環保少女Greta Thunberg為氣候變遷而發起罷課行動，獲得全球學子熱烈響應。的確，如果地球沒有明天，學習知識又有何用呢？然而，只要愈來愈多人加入減塑的行列，努力減少各項能源的消耗，我們一定能讓地球不失望！

什麼是正義？

孩子問我，「什麼是正義？」

好個大哉問！其實，關於正義，我腦中第一個浮現的聯想，是知名連載漫畫「海賊王」裡的海軍大將們身上所穿的外套，代表「世界政府」無上地位的他們，軍裝外套背面就印著大大的「正義」兩字，光看背影就讓人覺得正氣凜然。諷刺的是，一如漫畫裡所反覆詰問的，有時高舉正義大旗者，往往不是真正的正義，或者該說，你的正義，未必是他人的正義？

我給孩子們對於「正義」的解釋是，看到不對的事情，有勇氣去指正或改變他。

幸好，有些正義是毋庸置疑的黑白分明。例如每天接送孩子的路上，我便常具體地實踐小小的環境正義：看到有人亂丟菸蒂頭，我就會相當委婉而客氣地跟他說，「請不要亂丟菸蒂喔，這樣對海洋生物很不好。」所幸可能因為「伸手不打笑面人」吧，大多數的人都還算樂於接受我的「雞婆」。最感動的是，某次有個街邊正等待餐點製作的外送小哥，聽我勸導完，立刻把地上方才丟棄的菸蒂撿起來，再一個深深的彎腰鞠躬跟我說，「謝謝提醒，以後絕對不會這樣了。」一身旁的孩子看了，童言童語地跟我說，「媽媽，我們今天做了一件好事！」

對於癮君子來說，吞雲吐霧後隨手將不起眼的菸蒂丟到路旁的排水孔，實在是再方便自然不過了，卻忽略了菸蒂中隱藏各種毒性極強的化學物質對環境所帶來的巨大衝擊，許多科學調查也發現，小小的菸蒂已是當今海洋最主要的汙染源。抽菸傷財傷身，可說是人類最反智的行為之一，吞雲吐霧之外，何苦再戕害自然環境與眾生？

我提醒孩子，「勿以善小而不為，勿以惡小而為之」，大家都雞婆一點，社會才有改變的可能。大人以身作則，期盼小小的善念終將匯聚成河，正義的種子有一天會蔚然成蔭。

一首詩的完成

那晚，小五的女兒正跟我聊到青春少女的友情難題。原來她想起四年級轉學到這間新學校，初來乍到人生地不熟時她都跟A玩，逐漸熟捻後變成跟B玩，A因此有些不開心、豈知後來A又跑去找C玩，雖然她也有跟C玩，還是有一點莫名的失落感……

噢，就是一些小女生之間特有的「小圈圈友情大風吹」遊戲，聽起來不是什麼問題的問題，卻讓小小心靈開始有了一些傷感與喟嘆。

只見她悠悠地說，「媽咪，友情就像暖暖包，總是會冷掉——」我一驚，簡直像詩的語言呢，女兒自小體質像我一樣怕冷，每遇寒流來襲，總愛撒嬌央我幫她準備暖暖包，我總以不環保而拒絕。而今她用暖暖包短暫的發熱效能來形容終將流逝的友情，雖然直白，卻著實有那麼點莫可奈何的惆悵啊。果然生活經驗的積累就是寫作的最佳素材。

我把這段對話寫在臉書上，文青好友紛紛接龍回文響應，一位老友的回應尤其深得我心：「友情就像暖暖包，搓一下才會暖」多麼好的譬喻呀，儘管日久容易情疏，只要有心努力經營維護，誰說友情不能溫故知新、歷久彌新呢。一個問候、一通電話、一張卡片……都可以讓往日情誼時時翻轉出嶄新的動人篇章。

我跟女兒分享好友的留言，也鼓勵她順著剛剛的靈感，進行更多詩意的聯想。遂這樣親密地與女兒並肩坐著，心頭因為方才暖暖包帶來的發想而忽然溫暖起來，鵝黃色的燈光下，我靜靜地，等待一首詩的完成。

像船的菜

兒子放學後興沖沖地與我分享：「媽媽，今天學校營養午餐的青菜很好吃喔！」問他是什麼菜？他抓抓頭想了一會兒，依然不知菜名，只記得「長得像船、上面一條一條的、有深綠色跟淺綠色」。我企圖發揮柯南辦案的精神，無奈這三道線索著實弔詭，首先「長得像船的菜」已遠遠超乎我的想像。

孩子間果然還是比較能心有靈犀，一旁讀小五的姊姊很快猜測是青江菜（啊，是因為菜梗的形狀似一葉小舟嗎？），不過兒子還是搖搖頭。這下母子仨好奇心大起，索性翻出營養午餐菜單，三菜一湯的的菜色中，看起來是黑葉白菜最可疑，請出Google大神的圖片搜尋讓兒子鑑定，他還是略有遲疑——果然是標準「只吃過豬肉沒看過豬走路」的孩子，只好再Google一次「炒的黑葉白菜」，總算驗明正身！

隔天在市場熟識的有機小攤上，巧遇黑葉白菜的芳蹤，立刻買了炒來給中午回家吃飯的孩子們。看著孩子大口扒飯的樣子，我想所謂的慈母心大概就是這樣吧。

記得小學時期，我也曾這樣，寫完功課後的傍晚，就待在廚房裡看媽媽做飯，跟她說我最喜歡吃一種「很像樹的菜」，媽媽同樣也猜不出我說的是什麼菜。結婚後，聽婆婆講起先生小時候也都叫青花菜是「像樹的菜」，忍不住覺得緣分真是巧妙，又或者，所有的小孩看青花菜，其實都是一種像樹的菜呢？

忽又想起那個年代的小學老師，偶爾還會搭配教學兼賣一些教具，有一次是陽春版的兒童望遠鏡，我心動極了，在上學途中跟爸爸說想買望遠鏡，他大概也沒搞清楚，當下沒說什麼，我有點失望地下了車。結果那天上課上到一半，一眼瞄到爸爸正在教室門口外向我招手，原來他專程去幫我買了一台比老師賣的不知高級多少倍的望遠鏡，怕我急著要用，又特地送來學校給我。

從黑葉白菜想起當時的望遠鏡，幾十年過去了，如今伏案憶往，寫著寫著忽然有些莫名的鼻酸。時光迢遞，景物多改，然而父母對孩子的愛，永遠都是一樣的。

彈琴　說愛

女兒鋼琴課的演奏發表會現場，不大的表演廳裡，台下坐滿引頸期盼的家長；台上燈光亮起，一個個看起來聰慧靈巧的孩子們接連演出後，終於輪到我，牽著女兒稚嫩的小手出場，在琴鍵上奏出活潑輕快的四手聯彈曲目——環顧四週，果然，我是今天舞台上最最突兀醒目的大齡演出者。

學琴曾是我童年時期的一大夢魘，彈得或有差池，老師本用來標記講解的色鉛筆便無情地敲下來，又羞又痛，每週一次的鋼琴課屢屢在我的淚眼汪汪中難堪地畫上休止符。

那台鋼琴，是爸爸當年初出社會、開始工作賺錢後，用相當於當時一年多的薪水買的，古樸的胡桃木外觀，音色清麗典雅。只是在那個物質仍相當匱乏的年代，一位平凡寡言的父親，居然為他還未出世的將來的兒女，預先備置了這樣一個精緻珍重的禮物，今日的我試著揣摩遙想，依然覺得無比浪漫深情。

爸爸是大同公司的小經銷商，經營各類「大同大同國貨好」的家電生意，年年夏天毒辣的艷陽下，我看著瘦小的爸爸，背扛著幾乎比自己身形還要龐大的冷氣機走上客戶家的樓梯，儘管有我們輪流在後面使勁幫忙撐著，那舉步仍是艱難。

午間休息的空檔，爸爸偶會帶著一逕溫和的笑容告訴我，要認真學習喔，不要拿錢去砸破老師家的花瓶——

我當然聽得懂這略帶戲謔的叮囑，也聽出這叮囑中更帶著幾分辛酸：爸爸長年勞動多繭的雙手，緊密而堅韌地編織了我們養在青花瓷上的纖細優雅鋼琴夢。

只是隨著我們課業日益繁重、陸續離家北上定居，即使偶爾返鄉也多半來去匆匆，家裡的鋼琴竟是多年再無人觸及。啊，多情應笑我，我們終究是辜負了那琴，還有當年父親美好的想望。

歲月悠悠，轉瞬而過，如今我亦身為人母。看著稚齡的女兒逐漸展現對鋼琴的興趣，我竟重啟當年視之為畏途的琴蓋，用已然生硬的指頭，在有限的零碎時間中，努力與孩子合譜關於愛的旋律。在寧靜的午後，我們並肩而坐，然後有默契地一起按下琴鍵，從新開始，彈琴，說愛。

中年養蠶記

女兒帶回三隻蠶寶寶，第一次接觸這白色生物，她煞是新奇，時不時要去觀察蠶兒動靜。看這群嬌客啃食桑葉的模樣，我琢磨著這是教女兒「蠶食鯨吞」成語的現成素材；女兒則只顧望著蠶寶寶進食，一派天真地說，「媽咪，看牠們吃桑葉，好舒壓、好療癒喔」——如今的小學生不知哪來這許多壓力與煩悶？

時日一久，新鮮感退散，我（半被迫）成了晨昏定省的養蠶人。不免想起自己兒時，或也曾這樣後知後覺地揮霍父母的心力？小學社會老師說要徵求「真的樟樹」，趕緊央求爸爸開了小貨車載我到植滿樟樹的路上，剪一小袋樟樹枝葉，換來作業本上三個好寶寶章；以為是課堂所需，爸爸特別幫我訂購超高級望遠鏡，再專程送到學校給我；還有許多個晏起的早晨，趕不及校車，父母專車載我到跨區的學校上課……

也養蠶寶寶，還央請爸媽專業養蠶的朋友幫忙，成果果然豐碩驚人，紙盒裡數以百計蠕動的蠶蟻、以及某日與稚齡的妹妹嬉戲，她不慎跌在蠶蟻的紙盒上，膝蓋滿是墨綠色汁液……那是我童年中驚悚難忘的一幕。

光陰流轉，我也成為人母。年中一個全家出遊的週末後，V忽然不適，原以為只是運動拉傷的胸痛，整夜折騰無法入睡，隔日掛了門診，卻當場被要求改掛急診、旋即直送加護病房，一連串檢查後才確認是此前我未曾聽聞、其實相當凶險的肺栓塞。V住院的那十天，台北正是陰雨連綿的季節，幸有父母全力後援，我得以分身往返醫院、三個孩子的學校與家裡。

常常忙到睡前才有心情好好大哭一場，然而這樣的情況下，我居然還記著那三隻已然白胖不少的蠶！有時桑葉用罄，冒雨騎車去採桑葉，惦念著病床上的外子，任雨水夾雜淚水……十足灑狗血般的情節，心裡卻忽然閃過一種莫名黑色悲喜劇的念頭，彷彿是，「都什麼時候了，你還記著蠶！」——還好，謝天謝地謝諸神佛，連日雨季終於放晴，V可以出院了。

一代一代的蠶兒啃食桑葉、結蛹，然後無聲無息地老去。一代一代的父母接力，義無反顧地，我們無怨無悔的愛。

心跳

某天，隨口問小二的兒子在班上有沒有心儀的女生？

他歪著頭，想了一會兒跟我說，「勉強要算的話，大概是24號吧。」

「那你看到她，心臟會砰砰砰跳嗎？」我試圖用白話跟兒子解釋成語「砰然心動」的感覺，只見他一臉狐疑，不理解為何看到喜歡的人會心臟砰砰跳。

「嗯……這是一種心理影響生理的自然反應，就像媽媽看到你，覺得好可愛啊就會心臟砰砰砰跳一樣……那你看到媽咪，心臟也會砰砰砰跳嗎？」

「會啊，」兒子純真地向我坦白：「不過跳得沒有很快，因為已經熟悉了。」

買左腳就好

家中長輩多勤儉，才小學的兒子也完美承襲了此一家族基因，從小具備不愛花錢的美德。有時來不及煮飯，帶他在附近的連鎖抄手店用餐，問他要點豬肉還是蝦肉的抄手？他總是毫不猶豫地選擇豬肉，「因為比較便宜！」

放學時，我騎電動腳踏車載他回家，騎到社區的地下室停車場停好。坐在前座兒童座椅的他總是在我一轉進車道下坡之際，就急忙把電動車的開關關掉，叫我用下坡的動能慢慢溜進停車格裡就好。沒錯，他的理由當然是，「這樣可以省一點電！」

知道他不愛花錢，有次特地問他情境題，「如果有一天不小心看到一個你很喜歡、很喜歡的玩具，怎麼辦？」他想了一下，跟我說，「那我就不要看，然後把它忍耐過去！」

想起從小我們就教他，減少不必要的消費，也能間接地幫助瀕危的北極熊，今日聽他這番用意志力抵抗慾望的宣言，著實欣慰又感動。

最經典的事蹟，是他穿了兩年多的運動鞋，雖然鞋面已諸多破損，還是穿得不亦樂乎，屢屢拒絕我要幫他買新鞋的提議。

前陣子。看那雙鞋兩腳腳底的鞋墊皆已脫落大半，左腳前端更隱然有些「開口笑」的態勢，兒子總算同意換鞋。只不過，那天他一邊套上另雙鞋趕著跟姊姊去玩，一邊不忘回頭交代我，「媽咪，買左腳就好！」

有一個儿

女兒小時，有次因細故惹我生氣，熊熊怒火已然讓我臉部猙獰、面目可憎，眼看就要火山爆發一發不可收拾之際，眼前的始作俑者卻仍一臉純真無害的模樣，彷彿完全置身事外、事不關己地盯著我看了好一會兒，然後用她肥軟小手指著我的眉心說，「媽媽，你生氣的時候這裡有一個儿」。

（唉呀，這小傢伙才剛開始看著巧虎學ㄅㄆㄇ注音符號呢，就能在生活中應用得這麼好。）這是媽媽心裡的ＯＳ，臉上還得忍著笑。就這樣，女兒的童言童語有如一場及時雨，醞釀蠢動的火山立刻被澆熄，原先千百般個不是，轉眼被收服於無形。

隔不久，換女兒在被洗澡時跟我嘔氣了，胖嘟嘟的臉上眉眼皺成一團，這次我可有經驗，不疾不徐地跟她說，「妹妹，你生氣的時候，這裡也有一個

ㄦ」。

女兒笑了。「以其人之道，還治其人之身」果真一點也沒錯呀。

家人的支持

小女兒熱愛畫畫，小學四年級時如願通過競爭激烈的轉學考試，順利進入某國小的美術班就讀。最近他們班上要寫作文，題目是「一分耕耘，一分收穫」，老師給的範文裡，用台灣之光吳季剛為範例，講他如何踏實地追求自己的夢想，以及從小在國外求學，家人一路支持陪伴，讓他感念至今的心情。

女兒很快把這篇範文念得滾瓜爛熟，在家裡閒來無事就會念上幾段，與我們分享。吳季剛的父親恰好是V參加某社團的社友，我們因此聽著格外親切，也與有榮焉。

那天，看著長餐桌上堆滿女兒的顏料、畫紙，桌面上到處沾的青一塊、紫一塊，忍不住叨唸她趕快收好，只見鬼靈精怪的她，一邊收、一邊貌似無奈地感嘆，「難怪吳季剛會說，他的成功，最應該感謝家人無條件的支持啊！」一臉老氣橫秋的小大人樣，讓我忍不住好氣又好笑！再看一眼那張「充滿藝術氣息」的餐桌……好吧，眼前這一切一切……一定都是因為愛與支持的緣故！

老二小學畢業前，因疫情重啟的線上教學，素描課第一次挑戰人像素描。上課前她早早預告今天會教「馬麻最愛的奧黛莉赫本」，整個下午只見她超級專注在畫紙上，完成後立刻喜孜孜拿來說要送給我。謝謝孩子如此認真地記得我的喜歡，喜歡與孩子們互相體貼的心意。

清明節禮物

小學五年級的女兒下課回家後，一臉神祕兮兮地說要送我一個「清明節禮物」，我又喜又驚——畢竟清明節在華人心中向來是個比較「特殊」的節日——不過既然是女兒的心意，還是欣然應允。

女兒繼續賣關子地說，「媽咪，這個禮物很適合你，而且上面還有蕾絲喔……」我含笑點頭，跟她說媽媽很期待收到她的禮物。

又過了一會兒，顯然已憋不住祕密的她再度開口，「媽咪，還是你想要現在就收到你的清明節禮物？」

我忍住笑，想她從小就是個藏不住話的孩子，成天嘰哩呱啦、鉅細靡遺地跟我們分享生活大小事，有時太敷衍沒專心聽她發表高見時，她還會突然停住，一臉懷疑地反問我，「媽媽，你有在聽我講話嗎？我剛剛說什麼？」

這麼一個古靈精怪、有時還非常粗枝大葉的孩子，在假期前夕，在老師的指導下，一針一線縫出了一個有著可愛小花與蕾絲邊的針插，然後一回家就迫不急待要送到媽媽手上，那份真誠樸實的心意，叫人如何不感動呢。

尤其這是我生平第一次收到的「清明節禮物」，特地上網查了一下，原來清明節不但可以送禮，而且還是一年之中，僅次於春節的送禮好時機呢。清明送禮，捎來春天的問候，更有祝福對方一年無病無災的美好寓意。我要好好珍藏這個女兒特別為我手做、獨一無二的清明節禮物。

「不要叫我媽媽！」

疫情前的那個晚上，小二的兒子可能玩了一天太累，臨睡前開始瘋狂撒潑，只見平素溫和的他忽然哭鬧、吼叫、甚至還動手打人，耐著性子規勸他「你這樣做，媽媽很傷心」……誰知幾番好言好語都不見效，屢勸不聽，惹得我也一肚子火了，怒沖沖地叫他「以後不准再叫我媽媽！」

隔天起床，他已自動切換回正常的小可愛模式，但想到老話「寵豬舉灶，寵兒不孝」，在他還未為昨日的失當行為道歉之前，我決心要謹守諾言，不理會他的軟語呼喚。小兒眼色也精明，吃完早餐安分地出門上學，中午下課回家後自己乖巧寫功課，我努力閉嘴不理他，嘔氣地等待一個道歉。

到了快四點學校社團時間，兒子延挨著擠到我身邊，格外乖巧地輕聲問我「媽媽，我們要出門了嗎？」今天是他最愛的足球社呢，平常我總會跟他一起手牽手走到校門口，再目送他進去上社團課的。那天我（很愛記恨地）繼續相應不理，兒子自討沒趣地識相走開；沒多久，眼看時間一點一點逼近，這小子情急之下居然想到變通方法，直呼我的名字，「林××，我們要出門了嗎？」

瞬間轉怒為笑，並且是差點笑到噴淚的那種，依稀記得聽過類似情節的笑話，（某位晚上不肯乖乖睡覺、屢屢因小事呼叫「媽媽」前來侍寢的孩子，終於被下達禁口令、安靜了兩分鐘後，相當聰明地改口說，「張太太，請幫我倒杯水——」）熟悉場景如今在我家真實上演——不能叫媽媽，那就姑且直呼其名吧？孩子解決問題的能力著實不容小覷。

不過，為了把握機會教育，我忍住笑，趕緊正色跟他說，「媽媽的意思不是真的不可以叫媽媽，而是要提醒你對家人應有的尊重，尤其動手打人是絕對不允許的。」我和他打勾勾約定好，「我們都可以有情緒，但是下次生氣時，要盡量學會提醒自己，先深呼吸，不要傷害親愛的家人。」

他有些害羞地說，「可是我有時候生氣起來就會忘記耶」，我抱抱他說，「沒關係，我們一起努力。」

記得他更小時，在聽我們解釋過大腦的構造，了解到「前額葉功能失調，容易導致主司情緒的杏仁核活化，進而造成情緒失控」的關聯性後，兒子曾一臉苦惱地問我，「馬麻，我的前額葉到底什麼時候才會發育好？」其實不只是孩子，多少大人也難免受一時失控的情緒影響、甚至造成終生無法彌補的遺憾呢？我也要跟兒子道歉，媽媽昨晚不該因為生氣而這樣說話。

是的，育兒教養的路上，我們都要一起加油！

傳家寶書

那天，在書店偶然瞥見嶺月的《再見了，老三甲》，又驚又喜，幾乎是久別情人重逢的心情，趕緊自架上取出快速翻閱，原來正是三十年前在國語日報上連載、讓當時國小生的我每日早起必定搶先翻閱的專欄〈老三甲的故事〉，如今由字畝文化重新編輯出版了（一套兩冊，另有上冊《一年櫻班開學了》），毫不遲疑立刻兩本一起打包，雀躍無比地捧回家重溫舊夢。

《再見了，老三甲》寫的是嶺月在一九四〇年代後期、台灣光復後就讀彰化女中三年的初中生活故事。小學生讀，讀的或許是對將來中學生活的憧憬嚮往吧？在升學制度考量下精挑細選出的甲班，同學們個個臥虎藏龍，皆非等閒之輩。難得的是她們不搞小團體的勾心鬥角，反而互相抬轎、彼此幫襯，齊心友愛共好學習；儘管成績好卻不死讀書，在彼時動盪的年代依然勇於挑戰權威，展現青春的蓬勃朝氣與無限創意……如今中年媽媽重讀，依然覺得無比熱血澎湃呀。

《一年櫻班開學了》（舊版書名為《聰明的爸爸》）則不斷地讓我想起童年也很喜歡的《窗口邊的小荳荳》，書中主角小惠的爸爸以充滿智慧、品格又不失幽默的身教，為丁家大宅裡所有孩子們建立了終生受用的價值觀，對照小荳荳眼中那個深具教育家風采的巴氏學園校長，兩種典範形象如此巧合地遙相輝映。

略有不同的是，比之小荳荳的故事隨著戰事開始而倉促進入尾聲，小惠則在大時代的動亂紛擾之中，親眼見證關於民族國格的認同與歸屬感：從「唐山人」改成「日本人」、光復後忽然又變回了「中國人」，種種衝突傾軋，可說更具歷史意義。字畝的編輯在序文中亦如此推崇「……（嶺月）反思時代，卻不帶怨恨，而是傳承了長輩的智慧來激勵我們：儘管社會不斷變動，不論別人說你是誰，只要堅定自己，我們就是最有骨氣的台灣人！」

當時，稍有權勢的家庭只要懂得「變通」一下，轉向承認自己為日本人身分，孩子即可就讀專給日本兒童讀的「小學校」，享受更好的學習資源；或配合「皇民化運動」放棄原來漢名，改取日式名字，家中各種民生物資配給等也可大幅提升，是相當有感的政令福利。然而，面對這樣的誘惑，許多「有骨氣」的台灣人卻無動於衷，硬頸保有台灣人的尊嚴與傲骨，字裡行間我總想起文天祥那句「讀聖賢書，所學何事？」尤其在當前指鹿為馬、是非混沌黑白難明的眾聲喧嘩中，這樣的堅持令人格外想念。

骨氣之外，本書也生動捕捉了許多孩子獨有的天真淘氣。看到小惠和一眾堂兄弟姊妹趁著伯父不在，把向來被嚴禁靠近的那些祖輩們遺留下來的珍貴古衣、古物，挖寶般地全部翻出來偷偷試穿與賞玩……忍不住會心一笑，想起當年爸媽剛買新家的時候，為了減輕財務壓力，曾將一樓店面出租給一家小型會計事務所，每天晚上我們關了舊家的電器行店門，再從同條街上的舊家返回新家樓上盥洗歇息。上樓前，總是好奇地觀望事務所玻璃櫃裡擺滿的帳冊簿本，那些「看起來好像很厲害的大人的東西」，對於我們三個小蘿蔔頭來說實在太有吸引力了，於是某晚好不容易逮到機會，我們痛快拿出各式簿本，模仿大人在上頭恣意簽名塗鴉、亂寫數字亂開票據，玩得好不快活……可以想見隔天事發之後我們如何被暴怒的媽媽毒打一頓。

小惠的伯父很有智慧，趁機向孩子們講述時局動亂與家國歷史；而我，則在日後逐漸成長的過程中，一點一滴理解父母當時持家的艱難。

看完書，掩不住激動熱切的心情，連忙邀請孩子們來讀這本「馬麻小時候看過的書」，他們看完也大呼好看，轉而跟家中長輩分享，亦廣受好評。果然好書可以輕易跨越時空年齡的藩籬，同樣打動我們的心。後來我在臉書上提及有緣重讀老三甲，好友紛紛留言當年搶閱的記憶，真的是「那些年，我們一起追的小說」！

小惠的先人留下紀念意義深重的古衣、古物、古籍，讓後代丁家子孫永遠緬懷。網路世代如果也能以書傳家，嶺月的老三甲故事，就是這樣一本我想送給孩子們珍重親炙的永恆經典。

莓事隨筆

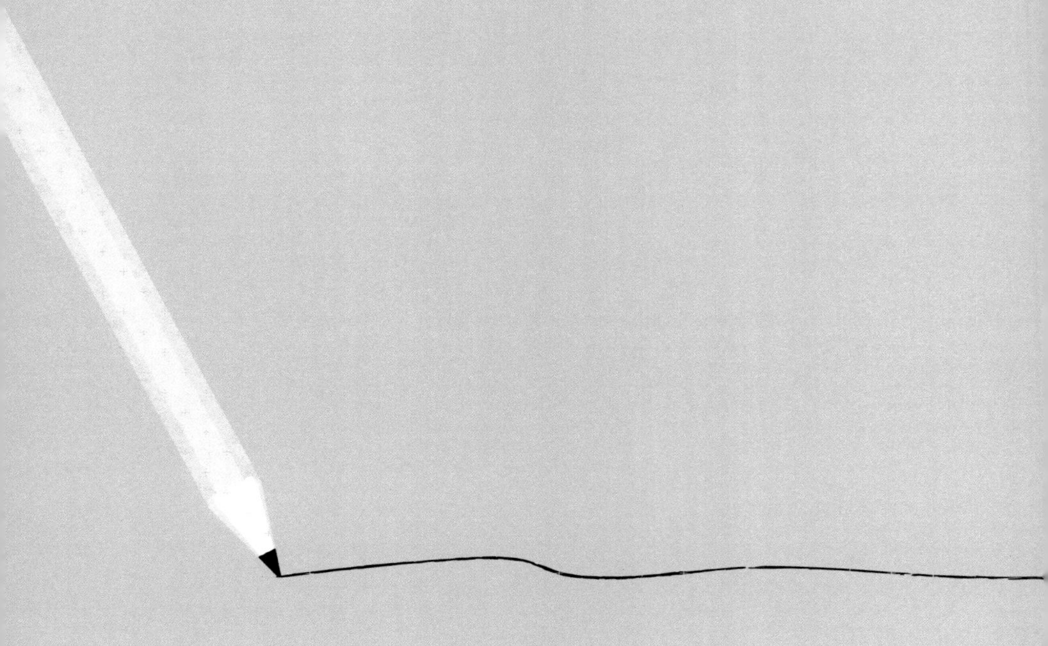

大家的蘇東坡——《陪你去看蘇東坡》讀後

喜歡中國古典文學的人，大概少有不喜歡蘇東坡的，尤其拜流行文化所賜，遂連市井小民，也能隨口哼上「明月幾時有，把酒問青天」。私心以為，蘇東坡絕對堪稱中國文學史上「文人偶像排行榜」之翹楚。也因此，值此百年大疫蔓延之際，身為小小「東粉」的我，一聽說衣若芬的《陪你去看蘇東坡》出版，立刻買來拜讀。不適合太多群聚交遊的時刻，獨自在家靜靜閱讀，陪蘇子紙上神遊，的的確確是疫情時刻最浪漫的小確幸。

書頁初始，作者就別開生面地設計了一個「超級東粉檢定測驗」，透過一系列問題，舉凡東坡出生地、生日、家庭婚姻狀況、乃至交友圈、人生觀、任官政績等皆有涵蓋，讓讀者先自我審核是否稱得上名符其實的「東粉」，做完檢定，保證又對蘇東坡有了更多的認識。

全書內容分「天涯」、「海角」兩卷，卷一以年代順序為經，地理座標為緯，清楚而精采地勾勒出作者三十年間、數十萬公里飛行，實地考察探訪而得的蘇東坡生平與事蹟典故，並佐以東坡詩文的寫作背景為延伸閱讀，帶我們親身經歷東坡一生的起起落落，悲喜哀樂。卷二則蒐錄海內外文人雅士對東坡作品的推崇，甚而痴迷，縱使瀟灑如東坡者，一生仕途跌宕起伏，或許也為千古之後能得知音而稍感寬慰吧。

中學時期國文課本讀到蘇東坡時，只記得照例要背作者簡介，「蘇東坡，字子瞻……」云云，內容枯燥無趣，讀了這本書，才知道原來蘇爸爸為蘇軾、蘇轍兄弟取名的原委，即蘇洵〈名二子說〉：

> 輪、輻、蓋、軫，皆有職乎車，而軾獨若無所為者。雖然，去軾則吾未見其為完車也。軾乎，吾懼汝之不外飾也。
>
> 天下之車，莫不由轍，而言車之功者，轍不與焉。雖然，車仆馬斃，而患亦不及轍，是轍者，善處乎禍福之間也。轍乎，吾知免矣。

軾是古時車前橫木，看似功能不大，但若遇路面顛簸就能維持乘客平衡，坐車扶軾往前看，所以東坡字子瞻；轍是車輪駛過的痕跡，隨車行而留下轍，所以蘇轍字子由。不禁想到中學時要是就曾看到這書，馬上可以融會貫通不用強記了。

作者更引述日本作家夢枕貘著名作品《陰陽師》裡的一段，「世界上最短的咒語是名字」——自古父母為兒女取名，寓意吉祥的名字，期望好兆頭；低俗卑賤的名字，圖個遠禍全身，因此從原始意義上講，名字，便具有咒語般祝禱的力量。

蘇爸爸分析軾與轍的特質，對蘇軾的掛念是，「吾懼汝之不外飾也」，擔心他不懂得修飾外在，鋒芒過露，提醒他應該謹慎自持，掩藏真心而免招禍；而「善處乎禍福之間」的蘇轍，父親顯然安心得多，知道他能倖免於災患。

為人父者的殷殷叮囑，躍然紙上，衣若芬寫得好，「蘇洵能料想得到，畢竟本性難移，為父的僅能用文字耳提面命。料想不到的是，千載知音，多少人憑軾瞻望，搭著他兒子為扶手，勇往直前」。歷經多少困頓、讒言與貶謫而能堅持風骨，顛沛之際依然保有自己的理想、豁達甚至幽默，給千千萬萬的後人永遠的想望，這是中國文人的典範。

來吧，跟著衣若芬，一起重讀蘇東坡，讀那些詩文創作的時空背景，還有荒涼湮滅之處，依然怡然自得的自由自在。「何夜無月，何夜無竹柏，但少閒人如吾兩人耳」、「揀盡寒枝不肯棲，寂寞沙洲冷」、或是「十年生死兩茫茫！不思量，自難忘。千里孤墳，無處話淒涼」常常某些時刻不自覺地浮起的這些詩句，謝謝東坡這麼妥貼地寫出了我們的心情。哲人已遠，典型在夙昔，也向那些過往的美好致敬。

咖哩

半夜三點，突然很想吃咖哩。冰箱裡翻找一陣、備妥材料後，她馬上在廚房裡忙碌了起來：將牛肉洗淨瀝乾，胡蘿蔔和馬鈴薯去皮切成細丁，最後再切洋蔥。

「人生就像剝洋蔥，總會剝到那麼一層，嗆得你不得不掉下淚來」第一個發明這句格言的人真是天才，她想。剛開始切的時候，先還只是一陣辛辣竄上來，眼睛微微刺痛，沒多久那刺痛陡然遽增，逼得她只得立刻閉上了眼，這才發現臉上不知不覺間早已爬滿了淚水。

原來那句格言說的是真的！她像是終於印證了什麼了不得的真理似的叫了起來，自己都忍不住好笑；切好的洋蔥一圈圈躺在盤子裡，是一圈圈咧開嘴的微笑。她想到自己臉上又是哭又是笑的——看起來像個瘋子，像戀愛時酸中帶甜的百般滋味，或許，或許更像一個戀愛中的瘋子吧。每個戀愛中的人多少都有點瘋。

——初戀是多久以前了？那時的自己也常常這麼沒來由地，哭了又笑笑了又哭嗎？當初又是因何而哭因何而笑的呢？不行，簡直想不起來。試圖從回憶中搜索一些甜蜜的印象，怎麼湧上心頭的盡是苦澀與悲哀——

只記得男人最後一次離去時向她告別的樣子，「再見，雖然我們可能不會再見了。不過我發誓，那時候說我愛你是真的，說希望兩個人永遠在一起也是真的，只是我也不知道那種感覺會消失得那麼快……」

對不起。對不起。對不起。

晚風把他的聲音吹得有點飄忽，有點遠。她望著他熟悉的背影隱沒在夜色之中，漸漸不見了。彷彿是昨天晚上才發生的事。天光迷迷濛濛地亮了，她終於無可扼抑地哭了起來。

髮型以外

「你……你跟你男朋友還好吧？」看到你的新髮型，幾乎所有人都這樣驚詫地問你。原本一頭及腰的長髮，突然變成現在耳下三公分的長度，別說大家看不習慣，就連你自己都還不太能適應頸上陡然的輕盈。

就像普魯斯特說的：「最好的世界，是我們進不去的那個世界」。所有美好的事物在我們真正擁有以後，似乎也就失去它本來的魅力了——短髮時你羨慕長髮的飄逸，拚了命地努力想把頭髮留長；等到頭髮長了，卻又開始瘋狂地想念起短髮的俏麗，每次梳頭髮時甚至會有股「除之而後快」的衝動。這種對髮的愛恨情仇，對「人」不也常常是如此嗎？要永遠愛一個人，和永遠恨一個人，或許是同樣困難的。

「我沒有失戀啦，只是同一個髮型留太久，想換一下而已。」你一派輕鬆地向朋友解釋著。

「不會捨不得嗎？都留那麼久了耶……」

你笑著搖搖頭，不打算告訴其他任何人，關於剪髮的真正理由。只有你明白自己心底那些幽微的祕密：因為你不願像大多數女生一樣，和情人分手後，剪去長髮作為對過往戀情的追悼與紀念；因為你不願像她們一樣，長髮為君留、短髮為君剪……

「簡直窩囊！」你忍不住在心裡這樣評論著。

你總是害怕失去，雖然你一直拒絕坦白你患得患失的憂慮；愛情的沼澤裡你明明陷得這樣深，卻偏偏好強地不肯承認你早已無法自拔、抽不了身。所以你把長髮剪去，儘管你的愛情故事在別人眼中仍然十分幸福美好……你只是想證明，看，我剪頭髮，並不為了誰！

然而，真的不為了誰嗎？那些欲蓋彌彰的心事，此時彷彿全都洩了底。就像許多驕傲的人，其實是以外表的自大來掩飾他們心中的自卑一樣；越是刻意強調和誇示的，往往越是我們的弱點和痛處。

你望著鏡中短髮的自己，突然不無悲哀地發現，原來除了頭髮長度，他早已不知不覺地佔據了你生活的全部。

算了吧，所有你的歡愁哀樂，原來都是為了他。

後記：

很多蓄長髮的女生會在結束一段戀情之後，將長髮剪去，一直在想，這到底是出於一種什麼心態，我不能忍受的是，離開了一個人以後，竟然還要如此讓那個人控制你的喜悲？然而後來覺得，這樣決絕的舉動，看似無奈而無謂，卻又有一種「溫柔的復仇」的感覺——把對方留在髮上的指印，氣味，甚至是相愛時的記憶都一刀剪去，像在告訴對方，分手時也許心碎，但從剪髮的那一刻起，已經又有勇氣，已經能夠不再哭泣。

有句話說，「愛情很甜蜜，但是復仇更美妙」這種復仇當然不是身體上的傷害，而是那種蝕人心骨的甜蜜的復仇——要用將來的幸福來報答你——的復仇，而這種女性的勇氣與自覺，毋寧是我更為欣賞的。

至於我自己，只因頭髮生長速度異常的慢，從決定留長髮以後就不敢拿它動刀，寫下這個極短篇，除了試著摹擬一個勇敢的女生失戀後的心情，其實也是滿足一下自己的想像力，想像在文字中將自己的長髮剪去，想像一點流淚後又能粲然微笑的瀟灑。

七年

1

最初的時候，是誰先發明七年之癢這個詞的呢？為什麼不是一年、兩年、或三年。戀人之間，如果真的會癢，應該早早就出現徵兆了才對，何須等到七年以後。或者人心雖然易變，有時竟也有長達數年的潛伏期，蠢蠢欲動後而終於一古腦兒的發作？

2

從來你就知道，你們的個性，有些不一樣。一開始有些猶疑，後來也就釋懷了，與其面對一個與你極度近似的個體，你更願意相信，每個人來到這個世上，都是為了找尋原來缺失的另外一半，互補的圓滿；而且，你們雖然不同，幸好最終的人生目標，目前看來都是一致的。

3

七年。說長不長，說短不短，像人生所有其他的時光片斷，畢竟也是這樣一晃眼就過去了。你本是一個慣性極強的人，固執地習慣一切原有的習慣，何況還加上一個七年的時間變數，許多事情，應該也就是按照這樣的速度，自然而然的進行下去吧。

4

只是你突然發現，殊途同歸，雖然是同個目的地，在彼此漸行漸遠的路途上，還要勉力齊步同行，實在有些辛苦。

5

侯文詠說他最感謝他老婆的地方，就是在他每次又天馬行空的亂飛時，她總會適時的把他拉回地面。

然而，你卻好想對他說，有時候，可不可以跟我一起飛，其他什麼都不管。

6

有些事情，不要多想，也就沒事。人生本來是一連串不停妥協的過程。80分不過是100分打個八折，再打個八折，64分也依然是acceptable的吧。雖然你已經開始有些惶惑的害怕，自己的生命中，好像找不到一個非如此不可的目標。

7

你本來以為你們最了解彼此，但最近開始有些遺憾的發現，並不全然是這樣。某次極其無聊的爭執之後，男人示好般地對你說，親愛的，現在看到好多東西，都會立刻想到你，都是我們共同的回憶。

你沒有接話，心中只是湧起一陣寂寞，幾乎是悲傷地發現自己早已過了依靠回憶就能存活的年紀。

心機愛情

上班時間，她鬼鬼祟祟地瀏覽著求職網站。才到職三個月，她卻覺得好像已有三年之久了。每天在鬧鐘聲中掙扎著起床，洗臉、化妝、等公車，並盡量在九點鐘、或至少趕在老闆之前，抵達公司；然後，辛勤地捱到下班時間一到，立即堅決且毫不留戀地快步離去。

這不是她的第一份工作，然而事務所裡特殊的辦公室文化以及過分階級分明的詭譎氣氛，總讓性喜自由的她日日覺得頭暈。換工作的念頭像個新生的孩子，睡個覺隔天醒來就又大了一寸。

男人知道了，卻提醒她千萬不能說走就走，「至少要做出一點成績，做到讓公司不能沒有你、讓上面的知道你的重要性，這時再來跟他們談。」

只要有一點最基本工作常識的人都知道，「騎驢找馬」未必最好、但絕對是最安全保險的策略。

於是，雖非完全心甘情願，她依然天天準時向公司報到，天天努力地把那個蠢蠢欲動的想法推到心底最底最底。只是隱忍久了，一點導火線都能將這個小小的不安分催化變成驚天動地的巨大傾軋。

那天晚上，為了一個甚至說不清楚原因的原因，兩人無預警地爭吵了起來。他又急又氣，她則是又氣又委屈，工作中的所有不愉快也極有默契地，在這一瞬間全湧上心頭。媽媽總說她無法跟別人吵，因為往往還沒吵幾句，她的眼淚已經掉下來，不論有理沒理，氣勢上就先弱了對方一截。

男人看她這樣，臉上的厭煩與不耐全寫在臉上，重重拍了桌子後，氣沖沖地推門離開她家，她在房裡只聽到鐵門被粗魯帶上的聲音。

男人走後她反而不哭了。鎮定地擦乾臉躺上床，鎮定地告訴自己，也許離開的時候到了，如果兩個人在一起是這樣不快樂。

閉著眼睛，腦海中浮現的是過去甜蜜的畫面，包括有幾次，她開玩笑地問他，萬一她哪天發生什麼意外，他會怎麼辦？才說完，平日看來強悍獨立的他，居然緊緊抱住她，像個小男孩一樣地哭著說，你不可以離開我。

她費了好大一番功夫才止住他的哭泣，骨子裡的母性好像全被激發出來了，有些暈陶陶地，只為眼前這人說需要她——

她倏地想起他那個理論，要在人家需要你的時候才說離開。也許，除了工作如此，愛情中有時也同樣適用。

不要，我不要在這樣的情況下離開你。她在心裡這樣呼喊著。

很久很久以後，男人都不知道因為他曾經的這一句話，輕鬆挽救了他們一度瀕危的愛情。

報復

她愛書。

閱讀一直是她生活中莫大的樂趣和享受。不管等公車、坐捷運，一有片刻的空閒就是拿來看書，生吞活剝，像是怕來不及似地大量閱讀；一有多餘的閒錢就是拿去買書，每個月的生活費倒有大半貢獻給了學校旁那家書店。

她最喜歡靜靜地坐在書房裡，看著書架上排列整齊的書籍，高低依序，站成了一列沉穩而內省的階梯。目光隨著一本本書背上的書名望去，溫習著當初買書的心情、以及展讀之後的感動。她甚至自己動手刻了一枚印章，章上只有兩個字，愛書——名詞又兼有動詞的涵義，她極其莊重認真地蓋在每本書的扉頁上，用一種欣喜而滿意的神情。

書幾乎是她生命中最親密的愛人，在認識他以前。

他是外系一個長她一屆的學長，和許多情侶一樣，他們偶然地相識、相戀……校園裡到處都留下他們一起走過的痕跡：期考前相約在總圖裡挑燈夜戰、晚上他送她回宿舍，走在椰林道上笑鬧地踩著彼此被月光拉長了的影子、有時並肩坐在文學院的階梯前，吃著她親手做的愛心三明治。春來的時候，他們也不免俗地撿起杜鵑花叢下掉落的花瓣，一瓣一瓣細心地排出對方的名字……

男孩唸理工，平常甚少接觸文學。不知是誰先提起的，女孩開始每個月固定挑一本書給男孩讀，她會在書頁中詳加圈點註解，遇有讓她心有戚戚的段落，更會忍不住寫上她自己的眉批。女孩的字跡細長而略往右上角傾斜，昂揚的筆勁鉤捺像要飛出了紙頁之外，又像是熱切地想攫住什麼似的。每個月她就交給他這樣一本密密麻麻、又是圈點又是眉批的書。

女孩每個月從自己的書架上抽一本書給男孩讀，卻從不到書店中買本相同的書來補回，她寧願拿那些錢去買更多她還沒看過的新書。面對架上送書之後留下來的空缺，她心裡是這麼偷偷想的，反正，反正我們是會一直一直在一起的嘛，我的書就是你的書，你的書就是我的書……

不過這些話，驕矜的她從來不曾對他說過，只是任憑一本本來自她書櫃上的書，漸漸佔據了男孩書櫃上越來越多的空間。於是兩人約好以後的家一定要有一個很大很大的書櫃，最好是原木做的，外面罩上一層防塵的布簾，淡藍色的印花棉布，可以放下所有的書……

相戀了好幾年，男孩畢業後工作了一年，又申請了赴美繼續攻讀研究所，女孩心中有不捨，還有更多的擔憂，橫跨一個太平洋的隔閡和距離，女孩不知道是對男孩不放心，或者根本是對自己信心不夠？

臨行前，她還是好強而故做瀟灑地對他說，如果以後你又認識了別的女生，我想我大概還是會原諒你的。他輕輕地捏了她的臉，笑她老愛胡思亂想，然後揮揮手，踏上了登機門。

他們夢想中的那個書櫃終究沒有完成。男孩認識了一位同樣來自台灣的女孩，異鄉生活中互相扶持照顧、課業上彼此提攜鼓勵，讓男孩很快地忘記了從前美麗的誓言，投入另一個女孩的懷抱。拿到碩士學位後，在美國工作、結婚、定居、也有了孩子……男孩再也沒有回來。

我大概還是會原諒你的……女孩那又認真又像開玩笑的口吻仍然清晰地留在

男孩耳邊，很多年很多年以後還會不經意地襲上他胸口，猛地刺他一下。她真的原諒他了嗎？他始終不知道，不能問，也不敢問。

今晚，他一個人坐在沙發上，泡了杯咖啡給自己，這個人稱全美最適合居住的城市，入夜後，從落地窗外望去，就是一整片安靜而漆黑的太平洋。窗上倒映著屋子裡的家具陳設，包括一個書櫃、櫃上那些她親手拿給他的書——夜色中，那些書背上的書名，彷彿咧開了嘴成猙獰的面容，一個個衝著他笑，書頁裡那些她細長而飛動的筆跡，想起來竟恍如一隻隻張牙舞爪的爬蟲，伸出臞瘦的四肢，緊緊攫住他、攫住他的回憶……

他終於明白，那是他一輩子掙不開、她最最殘酷的報復。

跋

餐桌上的陽光燦爛

孩子還小時，我曾抽空上過好幾次一位自己相當心儀的親子作家開的廚藝課，她雖以一系列親子教養書籍所聞名，料理功力卻也相當精湛出色，彼時她的廚藝課就開在三峽私宅的工作室裡，吸引一票如我輩熱血媽媽讀友們，課程一開放往往隨即額滿，顯然大家都期盼透過食物，營造一個理想的家的溫度。

記得某堂課中，說話向來輕聲細語、被我們暱稱為是「仙女」的她，忽然半開玩笑半認真的說道：「煮飯，就是要拿出氣勢來！」煮飯的氣勢是什麼呢？非得要宴客大菜才能夠驚人懾眾嗎？未必如此。其實她當天示範的是幾款涼拌前菜，其中一道她把小黃瓜橫放削長條薄片，上下緣側則等分斜切數刀做成雕花，然後將薄片捲起，直立在白淨瓷盤上，清爽些便淋上當季的百香果、欲奢華則佐以油醋醬明蝦或鮭魚子，豐儉由人，準備起來也不費事，卻是一道一上桌絕對引來一陣驚呼的「有氣勢」的菜。

這個道理我從此牢牢記住了，其實除了食材本身，加上一點點巧思與擺盤，也能讓餐桌上的風景瞬間改觀。

去年三級警戒的期間，孩子們在家悶得發慌，被迫宅居的日子像沒有終點的隧道，幽暗而看不到光。好不容易，撐到半封城的尾聲、孩子們將開學復課的前幾天了，我盤點家中食材庫存，剛好有鳳梨、有玉米、還有半鍋昨晚剩下的隔夜飯！靈光一閃，我順手炒了最家常的玉米炒飯，用碗公盛好倒扣在素雅的瓷盤上，外圍一圈鑲上鳳梨切片的金黃冠冕，當然還要撒上黑芝麻粒更求逼真，最後鋪上鄉間田野般的綠色餐墊……voilà，梵谷的向日葵在我家窗邊小桌上溫暖綻放，剛好，也是給即將重返校園的孩子們最燦爛的祝福。

孩子們果然驚呼連連，小小臉龐上藏不住雀躍驚喜的光芒，雖然是最最尋常的食材，然而因為有愛，誰說這道菜不是氣勢萬鈞、心意滿滿呢？

雖然，當時的我們大概很難猜到，隔了一年，我們依舊面臨疫情延燒的威脅；但願我們都能像那天的太陽花炒飯，永遠抱持希望、永遠記得陰暗的日子

裡，總會找到燦爛，終會有光。

給七年級的我，也給正要展翅飛翔的你們！

釀文學269　PG2772

草莓乾媽媽少女手記

作　　者　咩　子
責任編輯　孟人玉
圖文排版　蔡忠翰
封面設計　吳咏潔
封面繪圖　王舒玄
內頁繪圖　王舒玄、王舒田

出版策劃　釀出版
製作發行　秀威資訊科技股份有限公司
114 台北市內湖區瑞光路76巷65號1樓
電話：+886-2-2796-3638　傳真：+886-2-2796-1377
服務信箱：service@showwe.com.tw
http://www.showwe.com.tw
郵政劃撥　19563868　戶名：秀威資訊科技股份有限公司
展售門市　國家書店【松江門市】
104 台北市中山區松江路209號1樓
電話：+886-2-2518-0207　傳真：+886-2-2518-0778
網路訂購　秀威網路書店：https://store.showwe.tw
國家網路書店：https://www.govbooks.com.tw
法律顧問　毛國樑　律師
總 經 銷　聯合發行股份有限公司
231新北市新店區寶橋路235巷6弄6號4F
電話：+886-2-2917-8022　傳真：+886-2-2915-6275

出版日期　2022年11月　BOD一版
2022年11月　BOD一版二刷
定　　價　390元

版權所有・翻印必究（本書如有缺頁、破損或裝訂錯誤，請寄回更換）
Copyright © 2022 by Showwe Information Co., Ltd.
All Rights Reserved

讀者回函卡

Printed in Taiwan

國家圖書館出版品預行編目

草莓乾媽媽少女手記 / 咩子著. -- 一版. -- 臺北市:
釀出版, 2022.11
面； 公分. -- (釀文學 ; 269)
BOD版
ISBN 978-986-445-721-2(平裝)

863.55 111013067